U0141629

觀音之愛

The Love of Kuan-Yin

Sikila 著

目錄

序

當你拿起這本書，且翻開這一頁開始閱讀，我想這不是偶然。

這一本書是我與兩位觀音菩薩的對話。先不要質疑是否真的是觀音菩薩來傳遞訊息，或是先預設這一本書傳遞的是什麼內容。如果你正在尋找「生命的答案」，那麼這一本書絕對能帶給你很多的驚喜。如果你是一位修行者，那麼這一本書的觀念，也絕對能讓你的修行有所突破。

這一本書所討論的範圍非常廣，包含著東、西方的哲學思想。

本書討論到我們地球、人類所處的次元空間、死後靈魂歸處，以及其它次元空間的存在體。闡述靈魂被創造出來的原因是因為「愛」。說明了「一切創造源頭 --- 也就是上帝」的「因果法則」、「業力法則」、「創造法則」。西元2012年代表著什麼意義？人類有可能滅絕嗎？也說到了地球人類的起源 --- 人類是猩猩進化而來的嗎？正神與邪神的差別。佛與菩薩的境界。談到前世的因果，以及詳細的舉例說明「因果關係」。講到業力與福報是怎麼一回事，以及如何消除業力。

我們常說人生如戲，而一切輪迴轉世也是一場一場的戲，如何從戲中醒來而不再入戲，本書都有提到。催眠、算命、問卜、神通........，我們需要嗎？書中也說明，過去累世負面情緒的累積，如何影響著今生的個人特質、身體狀況，以及要如何釋放掉這些負面情緒。

靈魂會死亡嗎？人為何不會再輪迴成動物？妖怪、精靈、山精、地精...這些神話中的生物存在嗎？外星人是否已經來到地球，他們有何目的？有天堂、地獄的存在嗎？宇宙、次元空間有很多個嗎？其它次元空間的存在體，給予我們什麼樣的協助，他們是善或是惡的？我們的祈求，神都聽到了嗎？

生活中的問題包括有工作、人際關係、金錢、親子關係、婆媳關係、葷食素食、殺生、基因改造食品、外遇、自殺、健康與情緒、身體脈輪與靈魂脈輪、自體療癒......等。看這一章節時，先不要有預設的想法，看看菩薩怎麼說，有些答案與我們人世間的認知是不一樣的。

如何寬恕？如何時刻保持喜悅？如何讓自己有足夠的愛？如何釋放靈魂的悲傷、憤怒、恐懼......種種負面能量？如何強化自己的靈魂能量場？為何要開啟靈魂光體？充滿光與愛的上師們，給予我們什麼樣的協助？靈魂為何要提昇？我們要做什麼、怎麼做，靈魂才會提昇？如何為自己創造新的人生藍圖？靈魂提昇之後會去到哪裡，那裡又是

什麼樣的生活？念佛號、佛經、咒語的作用是什麼？冤親債主如何化解？書中所說的什麼是事實，什麼是真相？

以上所有問題，你都可以在本書中找到答案。

我並非是專業的作家，所以或許你會覺得書中文詞太過於口語化，而不夠流暢、專業。但因為我想呈現我與觀音菩薩最自然的的對話內容，所以文詞沒經過專業的潤飾與編輯。表達不夠清晰、詳細之處，請予以指教。

本書儘量以較大的字體編印，目的是讓更多年長者也能方便閱讀。每個段落之間以空白行或分行來分段，而不用傳統的空兩格來分段，因為我認為這樣的版面看起來會更清楚。

最後感謝幾位看過本書初稿的朋友，感謝你們的寶貴意見、鼓勵以及協助，非常謝謝你們。

如果書中的內容讓你感動，讓你感覺到愛，那麼你已經感受到觀音菩薩的慈悲了。

觀音之愛，給每一位願意獻出光與愛的人。

因為愛　慈悲　願力　　觀音與你同在

Sikila

004 序

緣起

自從觀音菩薩開始與我對話，這時間經過了數個月，我從來沒想到要記下來或是錄音。直到現在，我仍然沒有作筆記與錄音的習慣。因為我知道當我再次提問，觀音菩薩也會再次回答我。

這一本書的內容，是我與兩位觀音菩薩經過幾個月的對話之後，我請求觀音菩薩讓我將之前與祂們的對話整理成冊，所以我設計一些章節，也再次的對祂們提出問題。這些問題都是我精心想過的，因為這也是我一直以來的疑惑。

在閱讀過很多來自國外翻譯的靈性書籍之後，雖然我得到很多解答，但仍覺得有矛盾。

這一本書的出現我不諱言是有意圖的，因為我想要出版一本書，內容不僅能解答我的疑惑，也能解除眾人的疑惑。而在經過與觀音菩薩數個月的對話之後，我瞭解到其實讓更多人快速提昇是可以達到的。因為有這樣的認知，我產生一個信念 --- 我可以讓更多的人得到這份訊息，地球將有更多人因為這份訊息而受益，進而提昇。

觀音菩薩在我心中一直是遙不可及的神話。祂是那麼莊

嚴，那麼的慈悲，讓人感覺如此的平靜與祥和。我甚至無法用言語來形容祂。曾經有多少次被觀音菩薩的神像感動，多少次看著祂的神像進入無盡的沉思。我相信有一天我將見到祂，在我回到天堂之後。

這一生我從不認為我會成為訊息傳遞者。儘管我看過很多高靈上師的訊息，都是藉由國外的訊息傳遞者來傳達，但我從沒想到我也會是如此。這一生我經常自問：「我為何來到這世上？我生下來之前是誰？死亡之後我又是誰？死後的世界怎樣？......」種種生與死的問題，一直是我生命中的疑問。

偶而我會看些佛經，想找出答案。看不懂原文，就看書面上的註釋。有一次我只看「般若波羅蜜多心經」第一段「色不異空，空不異色；色即是空，空即是色。」就卡住了。看了幾個版本的註釋，也不認為是真確的。我承認對我而言，佛經真的是太難懂了。

很幸運的是我生在這一個年代，有很多高靈傳遞著較簡單、清楚的訊息給我們。我的第一本靈性啟蒙書是 --- 前世今生。內容是一位心理醫生在幫他的個案做催眠時，意外引導出了個案的前世記憶，也得到靈界的訊息。那時此書上的資訊帶給我很多的震撼與喜悅。

後來真的非常感謝台灣一些很熱心的光行者，將新時代

的書籍引進台灣。「與神對話」、「賽斯書」、「歐林書」、「光的課程」......等，我看到新時代思想的書籍一一的出版，我從書中高靈的訊息裡，感受到祂們對人類滿滿的愛，感受到祂們的慈悲、自在、從容、幽默、智慧......。在祂們的訊息裡，我獲得了許多我要的答案。

但我還是有很多的困惑。因為我生在台灣的閩南家庭，我會去廟宇拜拜，家人會燒紙錢給祖先，我也曾因為好奇而去看通靈者辦事，也看電視上的靈異節目。對於廟宇、神明、通靈、鬼魂、因果業力......，這些常聽到且比較屬於台灣道教文化範疇的名詞，聽得越多就越難以理解。

台灣閩南民間講天庭、陰間、地獄，然而西方國家傳訊息的高靈們卻說沒有天堂與地獄。許多東、西方訊息對不上來的矛盾，一直困擾著我。我不斷的自問：「到底我們死後的世界是怎樣呢？怎樣的修行才能真正讓我們提昇呢？」

雖然有許多疑惑，但因為我的教育背景及個人的性格，我還是比較喜歡偏向自由修持的新時代思想。對於民間宗教我是以尊重的態度來面對，不能免俗的家裡還是會拜拜祭祖，媽祖聖誕也會到廟裡致敬。

近十年來高速網路的發達，我獲得越來愈多課程的資

訊。從2009年之後，我認為只看書也許是不夠的，後來我去上了一些靈性成長課程。之後看到台灣網路上提供的課程愈來愈多，除了考慮到經濟因素，似乎也提不起興趣去上課，但我還是不斷的看高靈上師所傳遞的訊息。

台灣接觸這些新時代課程的人似乎越來越多，許多人的部落格也會很詳盡的貼文傳遞這些訊息，我認為這是非常令人高興的。如果高靈上師的訊息能傳遍台灣，我想台灣人的整體意識會提昇更高更快，很多社會問題也會減少。

不經意的情況下，我在一個網站裡看到一位外國的女士，在台灣帶領一個「光語」的課程。基於好奇，我下載了網站上所提供的，關於這一位女士上課內容的片段錄音。我聽著她講出快速又奇怪的語言，只因為認為很有趣，我就隨著她講，竟然我也說出了「光語」。我疑惑了一下，我心想：「是我自己亂講而且無意義的吧！」我再度放鬆舌頭，令自己發出聲音，經過幾次測試，我真的可以完全確定，這不是我自己說出的語言。

之後我就展開了與觀音菩薩對話的旅程，而且是直接由我口中講出來。我很喜歡這樣的溝通方式，因為簡單又快速，就像與朋友對話一樣。而這一次觀音菩薩把邀約權交給了我，也就是說當我準備好提出疑問時，祂們就

會出現。

觀音菩薩給予我很多的教導、很多的愛，也讓我提問很多私人問題。與菩薩剛開始對話時，我從沒想到要錄音，也沒作筆記。而本書「前言」所寫的，是包含著好幾天的對話，都是我再去回想而寫下的，所以遺漏掉很多。

除了前言之外，整體大綱是我徵求菩薩同意之後定下的。書中整個對話的內容，並非是我問一句，菩薩直接回答一句。而是我問一句之後，菩薩給我一個意念、靈感或幾句話，而我去思考祂們要表達什麼，我再說出我的想法並寫下來。或是菩薩先講一整段，讓我記下來，我再去思考這樣的話語是否正確，我再提出想法，之後菩薩會另外補充或是刪減。所以有時我傷透腦筋也想不出來，甚至一整天在電腦桌前坐上好幾個小時，最後只寫三行。我也曾經將祂們與我的對話洋洋灑灑的寫了好幾頁，最後祂們只一句話，就是叫我將一整天寫的都刪除掉。

因為我還是慣用人類的視角思考，所以祂們會如此的考驗我。雖然這樣很累，但我卻有很大的收穫。

所有菩薩回答的部分，並非是我的個人觀點，而都是經過兩位觀音菩薩再次審視校正過的。

經過與觀音菩薩幾個月的相處，從半信半疑，到我可以接受祂們所講的訊息，到完全的信任。我接受了很多教導，我自認為是全世界最幸運的人之一。

而後來我提出一些想要協助更多人提昇的想法，我請求觀音菩薩協助我寫這一本書。我試著用我的長輩的角度來思考，這些長輩對文字的理解，只能說粗淺了解。所以我請觀音菩薩盡量用很白話、淺顯的文字來敘述，因為我希望這是一本所有認識中文字的人，都可以看得懂的書。所以有時祂們一下講得太多，或是用詞太過文言、艱難，我就會請祂們重新用簡單的描述再講一次。

這一本書，你應該從頭開始看。如果你隨意翻看，有時你會因為前後不能連貫而誤解菩薩的意思。

觀音的愛在文字間，請用你的心去體會。

一、前言

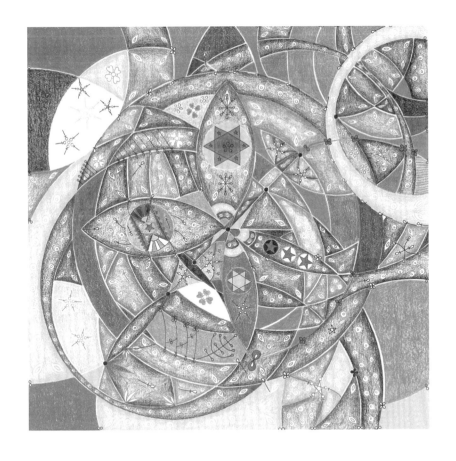

【觀音語錄】

放下「罣礙」越多，
即離「開悟」越近！

「開悟」不是必須到達一個境界，
而是已經不須到達任何境界。

一、前言

當第一次我用「光語」講話時，我完全沒頭緒。經過幾次的測試，我可以知道這絕對不是我自己所講出來的話語。

曾經以為這是我內在前世久遠的記憶被啟動了，但是又感覺有一個與我不同的意識，在我體內用我的嘴巴講出來。這感覺一點也不會不舒服，反倒頭腦有一種清明的感覺。

我問：「你是誰，你是我嗎？」
（註：我一直認為每個人內在有一個自性的我，也就是說有一個內在佛。）

不是。（一個很輕柔的女性聲音）
（註：這聲音是我自己說出來的，但我平時的聲音是較低沉的。）

你是我的親人嗎？（註：因為祖母今年剛過逝，所以直覺想會不會是祖母。）

不是。（搖頭輕笑）（註：我自己搖搖頭輕笑一聲。）

你是？會不會是....？（我心裡儘管害怕，但想說還是先下手為強，我開始心裡暗自三次呼請觀音菩薩。）

（輕笑一聲）

我心想：「難道呼請觀音菩薩還不夠？」
於是我開始將之前上新時代課程的眾神都呼請來 --- 愛瑟瑞爾上師、蓋亞女神，麥可天使長、默基瑟德上師、梅翠亞上師、阿彌陀佛、耶穌基督、聖母瑪利亞....。

（又笑了出來）

好了，該請的都請來了，你不害怕嗎？

（又搖頭輕笑）

你要告訴我你是誰嗎？

你剛才呼請的其中一個。（輕笑）

我剛才呼請很多個。

我知道。

你是女性聲音....。（我去回想我剛呼請了哪些女性神尊，我直覺先想到觀音菩薩，還沒說出口......。）

正是。

你是觀音菩薩？

不是嗎！

剛才是你用「光語」跟我講話。

我是用一種次元空間所用的語言來講話，我不定義這為「光語」。

就是在你開口之前，我在網路下載所播放的語言。

「光語」…我們沒這樣的定義。不過你剛播放的，的確是較高振動頻率的語言。

你的意思是，那種語言是真的上師說的。

我們先釐清你的「真的上師」定義。

我上了一些課程，我們都尊稱高靈為上師。英文稱為Master。

所以呢？

所以....例如我們稱...觀音上師、耶穌上師、默基瑟德上師、梅翠亞上師......。

ya！（註：有點像說「呀」，但觀音菩薩應該是口語的回答。）

所以我問「真的上師」。是問真的是高靈上師藉由那一

位上「光語課程」的女士來發出這樣的語言嗎？

是。

哇！我聽到了上師的語言了，好特別喔！這也是你用的語言嗎？

不是。我們沒有特定的語言。但是我們可以說出很多種語言，或說我們可以快速學會語言。

地球語言你都會？

只要有需要，我們可以快速學會。

幾天？

幾分鐘。

哇！那你說說....法語。

你聽不懂，而且沒有必要。

那你會說外星人的語言？

有需要的話。

那你要聽我講國語還是台語。

隨你講。

（註：之後的日子我與觀音菩薩的交談都是台語兼國語的講，我發現觀音菩薩的台語講得字正腔圓，甚至某些台語字該怎麼發音，我都還要向祂請教。）

等等，你說你是觀音菩薩，我就要相信你是觀音菩薩嗎？

你也可以不相信。

我要呼請真的觀音菩薩來了喔，你功力不夠的話最好趕快離開。

你剛才不是呼請過了。（又笑）

耶……，那你是哪一位觀音菩薩，觀音菩薩不是有很多嗎？有白衣觀音，有千手千眼觀音，有南海觀音……？

你如果真的要有一個名稱的話，可以稱我們為雨水觀音菩薩、魚籃觀音菩薩。

你們？你們是兩個人？我只聽到一個很好聽的女性聲音。

那這樣呢？（聲音變得比較低沉些像男性，跟之前輕柔的女性音調不一樣。當然也是藉由我的口中說出。）

咦？

菩薩本來就無形無相，我們就是一團光體。在地球就化身為人類的男相或女相，在別的星球或別的空間就化為他們的樣子，這沒啥奇怪的。

所以你可以用女聲，也可以用男聲講話？

還可以用小孩的聲音。（這時我發出的聲音就像三-五歲小孩子講話一般。）

（註：接下來的對話，祂們呈現的有時是女相的聲音，有時是男相的聲音。雖然都是由我口中說出，但還是可以感覺到觀音女相是呈現非常溫柔婉約的音調；男相則像個書生俠客，爽朗又溫和的音調。之後的對話祂們有時一人講一段，有時一整篇都同一人講。所以我稱祂們為「祂們或祂」。）

那你們為何找我？為何是我？我是說，我根本從來沒練習通靈，天生神經很大條一點也不敏感，根本不是靈性體質。怎麼會....你可以在我身上講話？雖然我上過一些新時代課程，也看過「與神對話」系列的書，我是真的很喜歡「與神對話」這一套書，也很羨慕那一位作者尼爾可以與神對話，但是....我真的從來沒有想過會是這樣。通常不是會先聽到某些聲音或看到一些影像嗎？一般能跟無形界溝通者不是都這樣嗎？但與你對話的同時，我的意識卻還完全清楚。我看過一些通靈者在傳訊

息時是失去意識，或是身體呈現很痛苦的狀態。但我卻一點也不覺得有任何不舒服，甚至好像頭腦更清明了。

呵，你不需要通靈體質，只要我們想找你，我們就會調整我們的頻率到與你很契合的狀態。

有些傳達訊息者會感覺痛苦或失去意識，主要是因為他們所連結的靈體，不能與他們的頻率相契合。
（註：這整本書從頭到尾，祂們講每一句話幾乎都是很開心的笑著講，有時是哈哈大笑。所以我也感受到祂們的情緒笑得很開心。）

這些靈體不能調整他們自己的頻率到與傳訊息者的肉體相契合嗎？

有些可以，有些不行。

你們想對任何人說話，他們就聽得到或看得到？

正確！

你們還沒說為何找我？為何你們又叫做雨水觀音菩薩、魚籃觀音菩薩？

這一世與你連結，是在你的過去世我們對你的承諾。這是久遠的故事了……唉！
（註：跟菩薩講話幾個月之後，我發現祂們很幽默，很

愛開玩笑，也很愛笑。最後這一句話加上一聲嘆息，是
祂們開玩笑的學我們人類講故事。）

喔……？

你可以直接稱我們為觀音菩薩，我們沒有特定名稱叫
做雨水觀音或是魚籃觀音，在我們的次元空間我們也
不用如此名稱，但你可以這樣稱呼我們。或是說你們
中國人剛好認識我們彼此的一個親友叫做雨水觀音菩
薩與魚籃觀音菩薩。
（註：這又是二位菩薩在開玩笑。但因為這個問題我不
認為很重要，所以之後就沒繼續問了。）

那你們可以再說清楚一點嗎？為何說找我是過去世對我
的承諾？不是因為我最近兩年去上一些新時代課程的原
因嗎？為何是在我這個年紀才找我，之前我痛苦的時期
為何不出現呢？

不管你今生是否有上任何課程、是信仰哪一種宗教、
不管你是成為如何的一個人，我們都會來找你。你認
為之前的痛苦時期，我們倒認為那一個時期是不錯的
人生歷練。現在這時間找你，因為我們認為這是最好
的時機點。

這讓我想到「與神對話」那一本書，你們知道那一本書
嗎？

知道。你這一生看過的每一本書、去過的每一個地方、交過的每一個朋友、看過的每一部電影我們都很清楚。

那一套書在目前的蓋亞，傳遞著非常好的訊息，值得一讀再讀。你可以再去多翻幾遍，你還沒了解那一位「老神」書中所說的深意，看似輕描淡寫的部分，其實藏有許多玄機。
（註：這又是菩薩在開傳遞「與神對話」那一位上師的玩笑，祂們知道這位上師在台灣傳遞一本書叫做「老神再在」。）

不僅是這一本書的作者，有些人不也是這樣嗎？

什麼有些人也是這樣？

你們目前在台灣可以買到的你所謂的「新時代思想」書籍，有些人也是傳遞著上師的訊息，而這些人也從未經過靈性的訓練，就只是在偶然的當下就發生了。但你要知道所謂的「偶然」絕對不是「偶然」。

那我可以再請問你們，你們在這時間點來要告訴我什麼？給予我什麼協助？

我們可以盡其所能的回答你所想要知道的任何問題，但必須是這問題對你的靈魂提昇有幫助。我們可以給予你任何協助，但必須這協助是可以幫助你靈魂提昇的。

那你可以告訴我這一期的樂透號碼嗎？

可以，但不一定會中。因為這對你的提昇沒有幫助。
（註：之後的日子，純粹因為好玩，我會對祂們提出這樣的要求，祂們每次都很樂意的給我一組號碼，結果當然是從來沒中獎過。原來祂們都是不加思索就隨便報幾個號碼給我。）

那你們算是我的指導靈嗎？

指導靈有很多定義，如果你定義指導靈為能協助你的靈體，可能是你過去世的親人或是朋友，那我們不適用這個定義。你稱我們為指導上師會更恰當。

你們說因為在過去世對我的承諾，所以在這一世來到這裡協助我，可以說得更清楚一點嗎？

在你們蓋亞有部分的人在過去世靈魂已經提昇到一個程度，可以往下一級進展，你就是其中一個。但你們這些人選擇在這個時間點再次回到第三次元的蓋亞，來協助你們的親友以及協助集體意識提昇，這是需要很大的勇氣的。這些人我們都承諾會來協助他們，你了解嗎？

所以你之前說是過去世的承諾，跟「這是久遠的故事了⋯⋯唉！」都是亂講的？

哈哈，放輕鬆一點。這的確是你再次來此之前對你的承

諾呀，後一句只是加點戲劇效果。

（註：這樣的對話經常發生，通常我很認真的聽，祂們卻半開玩笑的加些效果，我想這樣的對話會持續一輩子。但這樣的加料效果，都不是發生在很重要的情節上，所以我也樂得開心隨著菩薩祂們這樣玩。）

你們一直講「蓋亞」，是講我們所在的「地球」吧！

是的。

你們說地球有部分人在過去世靈魂已經提昇到一個程度，可以往下一級進展。這是什麼意思？

簡單的說就是他們可以不用再投生到地球，可以到一個比地球更高意識的空間投生。

你說的是第五次元嗎？有一本書「地心文明桃樂市」有提到第五次元的文明生活，你說的是像那樣嗎？

是的！

你可以解釋何謂次元嗎？不同的次元又代表什麼意義？我在書上看到很多高靈在描述這些空間次元，說我們地球已經在第五次元，我真的不清楚這些話語真正的意思。請用最簡單，每個人都能聽明白的方式解釋，好嗎？

我們瞭解你的困惑。這裡先用最最……簡單的話語來說明，之後我們會解釋得更詳細些。

先將你們地球人類所在的世界，定義為第三次元的物質世界。第三次元的物質世界是由物質體所組成，你所觸摸的東西都有實體的感覺。這個世界裡的靈魂，也就是你們的本體，意識不夠高而且也沒有足夠的愛，你們的靈魂體是黯淡的。你們的內在存在著很多負面的想法、情緒、…，這些負面能量會導致你們去做負面的行為。所以在第三次元的你們世界裡，自私、犯罪、仇恨、恐懼……，一直存在著。

必須直到你們學會更多的愛，學會更大的包容與寬恕，學會讓更多正面的、光明的能量進入你們的靈魂，學會排除更多陰暗的負面能量。當你們的學習到達一個程度，那麼在肉體死亡後，你們的靈魂就可以離開這能量沉重的第三次元地球，轉而投生到另一個更高的次元空間，你們可以稱為第五次元。

在第五次元空間裡的眾生，比目前第三次元的地球人類有更多的愛心與善念。他們尊重大自然、珍惜他們的環境、尊重萬物。所以那裡呈現的世界是一個沒有戰爭、沒有罪犯、互相尊重、愛與和諧的世界。那裡沒有飢餓的人、沒有失業的人、沒有被拋棄的老人或小孩。每個人性都被尊重、每個人都得到足夠的愛、每個人都能發揮所長、沒有競爭只有合作。他們的身體更健康，平均壽命比你們目前地球人類多很多倍。

哇！跟「地心文明桃樂市」這一本書寫的差不多一樣
耶。這就好像我們講的「大同世界」。

嗯！的確是像那樣。

現在眾說紛紜，很多高靈上師、外星人的訊息都說我們
地球已經進入第五次元，這是什麼意思？還一直提到
2012年，有說是毀滅、有說是提昇，到底真相是如何？

2012是毀滅，也是提昇。你們美洲的馬雅人提出的曆法
只到2012年是正確的。不過他們高度發達的天文知識，
是來自於族裡的一位祭師能與更高次元空間的靈體連結
所得到的訊息，並非是馬雅人自己計算所發展出來的。

2012說是毀滅，真的是毀滅。原本這時候，你們人類已
經將近滅絕，因為你們地球受到整個太陽系及銀河系的
影響，而產生極大的磁場變動，這些變動會造成你們的
環境、氣候快速變遷。你們人類無法適應這變動，所以
將至滅亡。

2012說是提昇，也是提昇。因為原本毀滅的因素，由於
無以計數高次元靈體的努力，已經幫你們消除了。我們
帶來很多很多的愛與光進入地球，很多很多的能量一直
進入，以保存地球眾多生物不至於滅亡，而這些能量也
幫助你們地球更多人快速提昇。

地球目前的能量磁場已經是第五次元的能量磁場，所以

你們的集體意識在這一個時期是快速被提昇的，但地球人類靈魂還無法集體進入第五次元，懂嗎？

接下來要你們人類自己努力了！如果你們再像現在這樣把你們的地球亂搞下去，百年後你們將再面對一次滅亡。

你們說地球目前的能量磁場已經是第五次元的能量磁場，這是什麼意思呢？

這就是說，蓋亞的靈魂已經進化到第五次元，你們整個人類已經籠罩在這個能量場裡。這時你們要提昇是比過去幾萬年來要容易許多！你們人類在未來，集體意識的提昇會比以前快很多。但並不表示你們全體都能在這一世結束後，就提昇到第五次元。
在這本書最後面我會再提一些。

之前我所看到的高靈上師的訊息，一直對我們說愛、一直給予我們鼓勵、一直稱讚我們，卻很少提到滅亡。有一上師叫做「齊瑞爾」，祂還提到黑暗三日，很多人卻不以為然，甚至還有人認為祂是邪惡力量。

大部分的上師不想為你們帶來恐懼，但到了某些時間點，你們就可以接受真相了。齊瑞爾是一位很好的高靈上師，祂為你們帶來很多的訊息是正確的，但很多時候情況是瞬息萬變，所以訊息有時會一再修正，並不表示祂傳遞的訊息是錯誤的。

之前看那麼多訊息，我都無法理解，這一次我真的比較清楚你們在說什麼了。

但如果那麼多高靈上師，已經給了我們許多好的訊息，而且都是正確的。那你們還要指導我什麼呢？

你認為你已經足夠了，不需要我們指導了嗎？

我也不知道。其實我不是很清楚下一步該怎麼走，因為太多的訊息，太多的課程好像永遠上不完，永遠學不完。很多高靈上師提供的課程練習非常的好，但我就是學不會。

你認為哪一方面你學不會？

能量感應方面。我周遭有些人似乎對能量很敏感，但是我真的很難感應。有些書上提到跟自己的內在相處，要我們練習感應內在與外在的能量；要我們練習回到過去，或與我們過去的親人對話。這些我都無法進入狀況去體驗。

呵，這些不是你在這一個第三次元空間需要學的。

整套「賽斯書」我都買了，但很多內容我仍然無法理解。我進展的程度只停留在觀念，書上練習的部分，我認為對我而言還是非常困難的。

ya! 賽斯一次給你們太豐富的東西了,這一位上師對你們有許多的愛,祂已經極盡所能的簡化內容,並將你們所能懂的都教給你們了。

看不懂沒關係,你們其實不需要學會這麼多。在你們地球,人生不超過百年的時間裡,要消化全部訊息是很困難的,況且你們人生道途還有很多事情需要處理。

那有沒有更簡單的方法、更容易懂的,更適合我們地球人類的?

所有你們要學的東西都不是簡單的,但如果你們有心要做就不會很難。我們會儘量將這些課程講得更容易些。

(註:在一開始接觸到菩薩時,我心裡還一直存疑。所以此章我稱祂們為「你或你們」而不用「祢或祢們」。經過一陣子的相處之後,我才漸漸的釋放我的懷疑。)

二、第三次元物質世界

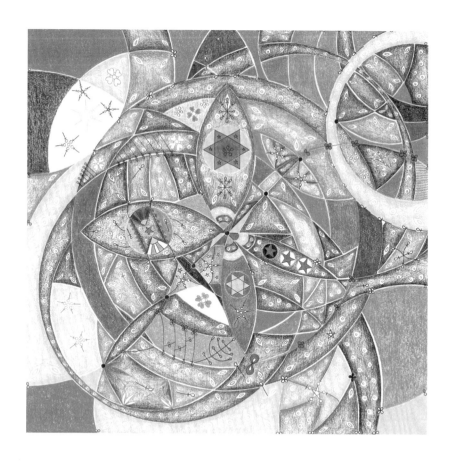

【觀音語錄】

執著是苦，慈悲喜捨是樂。

所有一切皆發生在自我之內，
改變自我即可改變外在世界。

不要被外在的表象所蒙蔽，
從內在來看會看得更清楚。

二、第三次元物質世界

祢們可以告訴我，我這一生來地球的目的嗎？或者說我們每一個人來地球的目的？

總括的說你們來地球沒有特別的目的，因為這不是你們所能選擇的。如果用大哉論述，你們來第三次元的地球就是體驗、體驗、體驗，學習、學習、學習，創造、創造、創造。

這…好像與我在書面上看到的高靈上師的訊息有些不一樣，祂們說靈魂可以選擇要不要來地球，而且靈魂也可以選擇來地球做什麼。但是我們台灣民間的信仰則認為，因為做人不夠好，所以靈魂要再來人間輪迴受苦。到底哪一種說法才是對的？

兩者說法都對，因為這有層次上的差別。

如果這靈魂的層次還不夠高，那麼他是沒有選擇權的。他只能隨著業力為他安排的，去承受這一切人間命運。如果他的靈魂層次夠高，而他選擇再度回到地球體驗，那麼他可以事先規劃他的人生藍圖。

講簡單一點就是，還未脫離第三次元的靈魂，他的能量場是沉重黯淡的，他的來去都是隨著上帝法則，隨著他

個人業力，懂嗎？

如果他的靈魂已經提昇到可以脫離第三次元空間，但是他為了某些目的願意再來，那麼他就可以先規劃自己的人生。

你們台灣有一位女性宗教慈善領袖，就是選擇再度回到第三次元的地球協助你們。

我知道祢說的是誰！那麼體驗，學習，創造又是什麼意思？請菩薩講簡單一點，讓只要識字的人都看得懂，好嗎？

靈魂來到地球就是為了體驗地球的生活。對於你們大部分人類而言，這是一種受苦；但對於我們而言，這是你們必經的過程。當一個靈魂被創造出來之後，就是去體驗。體驗當較低意識的動物，再體驗當較高意識的動物，再體驗當比動物高意識的生物。目前以你居住的地球而言，「人類」就是最高意識的生物。

其實在成為人類之前，你已經投生在各種不同動物許多回了。這不是一個迴圈，當你們經歷過動物，進化到人類之後，就不可能再回去投生當動物了。但這樣的說法太籠統，因為你們的靈魂意識從動物到人類，這過程中間其實還有很多體驗，但不是在地球經歷的。只是目前生活在地球的你們，只知道動物與人類。

我們不可能再當動物？就算犯了很大的罪惡也不會嗎？

不會。就算觸犯你們所說的罪惡，他的意識也已經超越動物，所以不可能再回去當動物了。

其實說從「動物」到「人類」還是錯誤的。因為整個宇宙，長相像你們地球人的，非常非常少。所以你們可算是宇宙稀有生物，值得被保護。

宇宙有一些生物，你可以稱他們為「類人類」，就是長得跟你們有類似的型態，有頭、有直立的軀體、有手足。但是我相信你一看到他們，就知道他們不是地球人類。也有許多比你們地球人類高智慧、高意識的生物，但長得完全不是人類的樣子。但目前你們沒必要去探討這些。

最簡單的說法就是，靈魂出生後開始經歷體驗的旅程，先從當低意識的生物開始體驗，再慢慢一步一步進階成較高意識生物，而這些體驗不一定在同一個星球發生。所以你們其實已經在星際玩過許多地方，當過各種不同類型的生物了。但對於目前地球人類靈魂而言，所有這些旅程都在第三次元發生，因為你們的進展還未能超脫第三次元，除了部分從較高次元再回來的人之外。

這就是靈魂的體驗，也就是你們地球人類所有靈魂存在的目的。

地球這裡很熱鬧、很好玩，足夠讓你們反覆投生很多次了。你們可以體驗當一個地球女性的感覺、體驗當地球男性的感覺，體驗當窮人、體驗當富人、體驗善人、惡人，體驗各種角色。體驗喜怒哀樂、悲歡離合、所有七情六慾……，種種都是體驗。所以我說體驗、體驗、體驗。

然後在各種不同角色扮演下，以不同角度去學習。所以學習、學習、學習。

在一生中你會去思考很多事情。比如思考蓋一間小木屋，思考下一餐要如何料理，思考你的工作，思考你的未來。你有許多的想法、計畫、行動，這就是創造。所以你也不斷的在創造、創造、創造。

如此說還是無法幫助我們提昇呀！體驗、學習、創造之後又能如何？很多人還是活在痛苦之中。

你體驗當一個人類女性，你感知了身為女性的身體。你感知了當一個女兒、當一個妻子、當母親、………。

你體驗了當一個母親的喜悅與辛酸，當一個母親對於子女的愛，當一個母親的困難…總總。

你以女性的角度來看你整個一生，你以女性的姿態來行事對待。你感受女性的嬌柔與堅強、你感受身為女性的困難與無奈、驕傲與喜悅，懂嗎？

你也同樣去體驗男性的總總。從這體驗中，你一步一步的去學習。

就當作靈魂是一張廣大的白紙，每當他經歷過一個身份、扮演過一個角色，他就以那樣經驗成長了一些些，白紙就增添了一點色彩。也許這色彩是絢爛美麗的，也許是混濁黯淡的，但這一張白紙已經有了色彩。

你們目前認為這是受苦的體驗，你們吶喊著不想再這樣痛苦，有人甚至放棄生命。但如果你的靈魂活過千萬年之後，再回頭去看這一切，你還會認為這些體驗不值得嗎？瞭解嗎？

我知道了，要是我所有體驗都一帆風順，都是當有錢人都很快樂，從來沒什麼煩惱，要什麼有什麼，我也一定會厭煩這樣的生活。要是哪一世我可以選擇的話，我一定會想選擇當個窮人體驗窮人的生活、當農夫體驗種植與收穫的樂趣、當小海島的土著在大海裡游泳抓魚、當非洲部落的原住民在大草原打獵，雖然我的生活會有許多的困難。但如果我的靈魂壽命超過千萬年的話，這樣的有變化才會比較有趣。

不過，這樣還是很難說服目前處於痛苦的人。例如那些疾病纏身、身背巨大債務、失業或是離婚、有著不和諧人際關係……的人。

你提到的問題，我們在後面會繼續說明。那你認為你來

地球想要有什麼目的？

我喔？假設祢們沒出現在我生命中的話，事實上與很多人比起來，我沒有過得很糟。只是我不知道我該做什麼！

我覺得我太平凡了，平凡到真的完全沒有特色。大部分在我這個年齡的人，小孩都很大了。也許是我還單身所以不用花很多心思在家庭、伴侶、小孩身上。我可以把更多的時間花在自己身上，只是太多時間有時卻不知該做什麼，不過我真的很享受單身的狀況。我沒有很豐富的職場經驗，但我也不想當個叱吒職場的人物。

有時想，如果我有很多存款，我可以去很多國家旅遊，我可以看看世界不同的風俗。或許我將來年紀大一點可以開一間小咖啡館，有朋友常來一起聚聚。

這樣你就滿足了嗎？

沒有很多煩惱、沒有大的經濟壓力。雖然也沒什麼錢，但身體健康、有朋友親人相伴，我認為這樣的人生就很好了呀。

真要說的話，如果台灣的教育不是理論教條式的教育，而這個世界也不是競爭求生存的世界，從小每個人都能培養更多的興趣，都能適性的發展自己的才能。那麼我今天的生活或說台灣每個人的人生也許就改觀了。我就

不用從小花很多時間去讀書，去背誦很多我一生都沒有用到或是幫助的書。不用為了考取好學校、為了有個好職業，而熬夜準備一連串不斷的考試。我花了人生可以說四分之一以上的時間在讀書考試。好學校又如何？好職業又如何？受高等教育，有高收入職業的人，真的比較快樂嗎？他們的內心真的比較充實嗎？到我這年齡再回頭看，我真的認為不值得。

如果從我們小時候，學校就能教些更好玩的東西，中學不再考試考到讓人惡夢連連……。

ya，你們的教育體制的確有很大的改善空間，但這是你們目前大部分人集體默認的制度。

如果你們的最高教育單位願意召集更多各種職業的專家，大家坐下來好好談談，聽聽他們的意見。聽聽如果讓這些各種職業的專家們，重新回到小學、中學，那麼他們想要得到什麼樣的教育課程。綜合這些意見，整合之後加入你們的教育課程，應該會對你們更好。而不是把基礎教育課程的編排權完全交給學者。

如果你們的教育還在要求小孩強記---「哪一年哪一位國王征伐哪一個國家？哪一個國家的主要礦產有哪些？」。那麼你們的教育可說是全然抹煞了小孩的創造力，也讓他們的記憶力沒用在更正確的地方。這些知識只是你們地球眾多知識之一，不應該要求小孩強記背誦。況且你們現在的網際網路、圖書資訊如此發達，搜

尋知識如此容易，連結網際網路就有千百萬的資訊提供給你們，這些知識你們有必要全部都記起來嗎？

你們目前的教育只是造成更多不必要的競爭，造成小孩更多的壓力與負面情緒，如果每個人能適性發展自己的特長，還需要這麼多的紙上考試嗎？還有需要如此競爭嗎？

只要你們集體同意，每個人寫信給你們的最高教育單位，明白的告訴他們，不要再讓下一代腦袋裡塞滿不需要的知識，因為你們地球人類已經不再需要這樣的教育了。

但目前整個世界就是這樣，競爭求生存。要改變世界這樣的情況似乎是不可能的。

其實改變世界這種狀況並不難。全世界已經有很多兼顧著人性發展的學校，你們台灣也有。雖然有些還在實驗階段，但如果你們願意讓這些學校發展下去，將這些學校的部分理念擴展到所有學校，從教育來著手，未來你們的社會就會改變了。

祢說部分理念，表示並非他們的理念都很好？

他們有許多很好的理念你們可以參考，然後依照前面說的召集更多各方面的專家集體討論，雖然推廣到所有學校還會有許多困難點要克服，至少完全適應要一段時

間。但如果你們不去做的話，你們的小孩就依然循著你們過去的教育腳步前進。

如果先把這些好的理念慢慢加入全國的中小學裡。不是全部，但是一點一滴的慢慢加進去。
祢說的是這樣嗎？

這是一個好方法。

如果再加上一些靈性成長的課程是不是更好？

如果從小每個人都能愛自己、肯定自己，不論他的智商高低，不論他的成績優異，每個人都能被肯定、被愛，每天都活得自信與喜悅。當然也要學會肯定別人、愛別人。

可不是嗎！如果你們所有教育單位的教師、所有的父母，每天都活得自信與喜悅，你們的下一世代就會不一樣了。

也就是說，身心靈的成長提昇，不只是從學校課程教起，而教師、父母的身教、言教也非常重要。

當然是。

我想如果再加入更多的課程會更好，不只給成人，也給小孩。情緒管理、人際關係處理、財務管理、兩性關

係、了解疾病與情緒的關係、如何讓意識提昇。

這樣的想法很好，如果有更多人懂得處理這些問題，你剛才說的人類的痛苦就減少很多了。但其實靈魂面對的困難不只這些，這一方面還有很多要說的。

其實台灣現在有很多社區課程、演講、座談會都在講情緒管理、人際關係處理、財務管理、兩性關係。

是的。但重點是這些課程的帶領者真的懂這些問題嗎？這些課程演說者真的給予你們最正確最好的觀念嗎？這些人的意識如果能再提昇些會更好。

這樣講根本沒有一個標準，什麼樣的人才是更好的教師與演說者？

「新時代先鋒」，也就是走在新時代尖端的人。當他們準備好出來帶課程時，他們通常會是一個更好的教師。

你是說「光的工作者」？

「光的工作者」不一定是「新時代先鋒」。但「新時代先鋒」一定是「光的工作者」。

可以稍微定義一下「光的工作者」嗎？

在這個地球上願意提昇自己的光、擴展自己的愛，而

且致力於把光與愛傳播出去的人，都可以被稱作光的工作者。

不是上過「新時代課程」、「光的課程」這些人嗎？

並非上過新時代課程的人，才算是光的工作者。任何人只要他願意的話，都可以成為光的工作者。

那可以定義何謂「新時代先鋒」嗎？

我們所說的「新時代先鋒」也就是走在新時代尖端的人。這些人有一部分是靈魂已經提昇，能到第五次元，但他們選擇再回來；有一部分是靈魂已經提昇到一個程度，但之前在地球的「亞特蘭提斯文明」時代做了不適當的事情，而導致「列木里亞文明」毀滅，這一批人來此有特殊的目的。

用我們的白話來講，好像這一批人把列木里亞文明搞毀了，來贖罪的。

我們不會用「贖罪」這個名詞。因為不管做什麼事情都是他們自己靈魂的選擇，我們只會用「因果、業力」來形容一些事件。但你們很多所謂的心靈導師、新時代教師的確是因為這原因而來此。

好好做！好好做！好好做。

菩薩，祢們老是喜歡說好好做！好好做！

哈哈，你不覺得我們說這句話語意深長嗎！意思是好好做人，謹慎你的每一步，不要再製造更多業力了。

我們好像有點離題了。我再試著整理一下：「人生來此是為了體驗，然後在體驗裡學習，這體驗不管是痛苦還是快樂，在將來千萬年之後我們回憶起這些生活，我們都會笑著去回憶。因為我曾經經歷過，我曾經愛過、曾經失戀過、曾經拋棄過別人、曾經生過重病、曾經被扁也扁過人、曾經賺大錢、也曾經破產……，這時跟老朋友一起聊天時，不是比較誰過得比較好，而是比較誰經歷得比較多。」

唉呀！隨便你怎麼說，是這樣沒錯，也並非這樣。你一定要用這些名詞，這樣舉例嗎？先說你們不需要經過千萬年之後，才能將古今之事盡付笑談。另外等你們到達更高次元，就不可能想去做比較了。

你之前看完「地心文明桃樂市」一書，不是很興奮的認為那裡就像天堂一樣嗎？如果到第五次元的世界，就能讓你們覺得像在天堂，那麼目前這地球的痛苦算什麼呢？

祢的意思是說，我這一生過完之後就可以去第五次元，過著像天堂一樣的生活。所以就算我在地球沒錢、沒工作、失戀、令人不愉快的人際關係、生病、

痛苦，這都不算什麼了？

天堂是你自己的定義，我沒說那裡是天堂。但對很多人而言，那裡應該算是很不錯的地方了，除非你對這裡還很眷戀。

那我們如何能讓自己下一生去第五次元？需要什麼條件？雖然目前的地球生活對我而言不是很糟，但對很多處在飢餓、貧窮、疾病、內亂國家的人民而言，如果要告訴他們說：「你們要喜悅的去體驗你目前的生活」，這無異於傷口撒鹽。

如果能先離開第三次元，在第五次元待久了之後覺得過得太快樂了，還可以選擇回到第三次元的混亂地球體驗痛苦，我想應該很多人都願意先暫時離開這第三次元的地球吧！

哈哈哈，沒有靈魂會覺得太過快樂，而想再來體驗混亂與痛苦。會從較高次元再度回到第三次元，都是很有勇氣的靈體，他們的目的都是來協助更多的靈魂提昇的。

其實到第五次元之後，你們還有很多需要體驗、學習、創造。你們還是會想繼續提昇到第六次元，雖然你們得在第五次元那裡待上一段時間。

似乎你開始提到重點了！

沒有人從第三次元直昇到第六次元的嗎？

目前你們地球還位於第三次元的靈魂，沒有一個可以這樣的。

祢說：「似乎你開始提到重點了！」是什麼意思？

你的此生目的呀！你一開始不是問：「我這一生來地球的目的嗎？」以及問你們每一個人來地球的目的嗎？

是啊！但祢們不是說沒有目的嗎？祢們說：「總括的說，你們來地球沒有特別的目的，因為這不是你們所能選擇的。如果用大哉論述，你們來第三次元的地球就是體驗、體驗、體驗，學習、學習、學習，創造、創造、創造。」

但我也說你這一生可以到第五次元去啦。只是你選擇再回來第三次元，你選擇再來協助其他的靈魂更快提昇到第五次元，這就是你的目的。

喔？
（註：其實我還是有點懷疑，不知道菩薩是不是為了鼓勵我而這樣說，因為我認為我這一生真的很平凡。）

至於其他人呢，除了體驗、學習、創造之外，我好像忘記說了一項，就是「提昇」。

祢們根本就是故意先不說的，祢們怎麼可能忘記。

咦！被你發現了。
（註：有時我真的很受不了祂們，很愛演戲。有時祂們也會學我平常與家人、朋友對話的用語，來與我對話。真的很難想像以前認為高高在上、遙不可及的菩薩，卻那麼平易近人。）

既然如此，我就說了。其實靈魂除了體驗、學習、創造之外，就是為了「提昇」。如果只是一直體驗，而你的靈魂學習得還不夠，就難以提昇。這樣你就得繼續待在第三次元玩久一點。

那要學習什麼？要如何學習？怎樣學習才算夠了？請用簡單的白話文說明好嗎？

OK！老人、小孩都聽得懂的。
你們要學習的是讓心中充滿愛，讓自己時刻處於喜悅，讓靈魂的傷痕被療癒。懂嗎？

聽起來簡單，做起來卻難得很。

其實這是大概說明，還很多詳情需慢慢細說。但是以上三項缺少一項都不行。我先說這三項為何缺一不可。

如果你們心中的愛不夠，到了第五次元後，不就又讓第五次元烏煙瘴氣；如果你們不經常感到喜悅，不就又讓

第五次元充滿了憂鬱色彩；如果你們的靈魂傷痕沒被療癒，那麼你們的靈魂必然黯淡沉重，也到達不了。這樣夠白話吧！

真的很白話，真的很好，簡明扼要。也就是說如果這三樣備齊了，就可以提昇了？

可以這樣說。

那祢要教我們如何讓自己心中有足夠的愛、時刻處於喜悅、療癒靈魂傷痕嗎？

當然要教你們，不過我們將此「提昇課題」放在書後再詳述。請繼續問下一題！

我們人生的命運是固定的嗎？若不是，可以改變嗎？

你們的命運是固定，也非固定的。

如果你認為你的一生命運都是固定的，那你就會真的照著這流程走。等一生到了盡頭，你會認為人的命運都是註定好的。

如果你從不相信命運，且用你自己的方式去創造你想要的人生，那麼你的命運就不是固定的。

祢說相信固定就會照著這流程走，那表示真的有命運藍

圖或命盤這一回事囉？

每個人生下來都受到整個宇宙磁場、環境、業力、靈魂特質……等等，諸多因素所影響。所以自然會形成一個你們所說的命盤。你們常說的八字四柱、紫微星斗、星座命盤……等等，不都是在推算你們的人生命盤嗎？

咦！祢是說算八字、紫微斗數、星座命盤，可以算出我們的一生走向嗎？

不是！我的意思是說，你一生下來就會受到整個宇宙磁場、環境、業力、靈魂特質……等等，諸多因素影響，而造成你的人生走向以及個人性格。這些諸多因素的影響，就會讓你的命運呈現一種狀態。並不是說八字、紫微斗數、星座命盤……，可算出你們一生走向。

在你們更早的年代，某些次元空間的靈體把這些八字、紫微斗數、星座命盤……的知識、技巧帶到你們地球不同的地方。之後你們地球有些人學習到這些知識及技巧，就開始進行你們常愛講的「算命」。也有人本身的靈魂特質讓他有特殊能力，例如能感應到未來的影像、或有些靈通。這些能力也讓他可以去進行「算命」這一項工作。

有時你們會認為某個人算得很準，然後就真的非常信任那個人所提供的一切訊息。我要告訴你們，這是很糟糕的！首先，那人提供給你的訊息不一定是正確的，但是

你相信了，那麼你就產生一個念頭認為你的未來就是那樣。

如果他給你的是結果非常好的訊息，而你也認為這好的結果一定會發生，這可能引導你去做了不適當的選擇或判斷，但最後結果卻可能與你的期待不一樣。

如果他告知你，未來會有一個不好的事件發生，而你就產生煩惱、恐懼感。也許本來根本不會發生這一事件，但因為你的煩惱、恐懼能量，最後卻把這事件創造了出來。

在你們早期年代，這些所謂算命的知識、技巧，很多來自於另一個次元空間。但並不表示是比你們高階的次元空間，懂嗎？這些次元空間的靈體不一定是友善的。

你相信了「算命」就等於為自己設定了一個框架，去框住你自己。難道你希望你的人生命運由他人幫你作決定嗎？

「你的命運掌握在你自己的手中！你絕對有能力去改變。」

祢們的意思是叫我們不要再去算命了？那算「姓名」呢？有些人說他改了名字之後，運勢就改變了！還有很多人聲稱可以幫人家改運，只要買了他們的東西就可以改變個人磁場，讓人生大翻轉。

要不要算命是你們的選擇，我只是提供一個正確的訊息。對於改名字、改運、改磁場⋯等，是否可信，希望你們用智慧去判斷好嗎？

真正要改變你的命運、磁場，就是讓你的靈魂提昇。讓你的靈體有更多的光與愛，用正面肯定的語句說話、思考，讓你的心時刻處於喜悅，以及療癒你的靈魂，即是「愛、喜悅、療癒」。

將你的時間及金錢能量投注在適當的地方，對你是更好的。

我來整理一下。祢們的意思是：「一切都是自己選擇的。無論你想去花大把的錢，買些改運的東西。或是你想去算命，讓別人決定你該選哪一樣工作，或該跟哪一個人結婚，都隨你自己高興。你選擇了什麼，你就自己去負責承擔。你如果覺得錢太多想花錢，那也隨你高興。重點是，如果你真的想要一個很好的、有效的方法，去改變你的命運與磁場，那就是把時間投注在學習『愛、喜悅、療癒』。」對吧？」

哈哈。差不多！

【觀音語錄】

生與死，只是從一個空間，
換到另一空間。
看透了，即無所懼。

白天、黑夜，自有其獨特的美。
端看你的心境如何看待。

三、靈界、次元空間

【觀音語錄】

無欲無求，即少執著。
少執著，即得自在。

「寬恕」是苦口的良藥。

人間唯有一物，
能與天同高；與地同寬，
即是「心念」。

三、靈界、次元空間

看了許多國外的翻譯書籍，高靈上師給我們很多充滿愛
又正面的訊息，但似乎與台灣民間廟宇的神所傳遞的訊
息不一樣。外國書籍很少提到菩薩，台灣寺廟卻很多菩
薩，菩薩是屬於那一邊呢，是西方派還是東方派的？

ya!好問題！該是時候把一些正確觀念傳給你們了。

而首先你必須將「神」這一個名詞重新定義。不要將靈
界的存在體都當作是神，或把他們都當作高靈上師，這
樣是不恰當的。有很多你們地球文化裡所謂的「神」，
其實只是比你們有更多的能力，並不表示比你們有更高
的意識與更多的愛，你們都是平等的。

而你一直認為靈界不是鬼魂就是神，這樣是錯誤的。事
實上神非神；鬼非鬼。

「神非神」是什麼意思？

你們台灣人通常將神廟裡的「神」當作是神，事實上
他們不一定是能給予你們正確引導的靈體。不僅在台
灣，在地球許多區域從數千年前至今都是如此。包括
你們很有名的，所謂的古代埃及、印度、希臘、中
國…等等的「神」。

祢是說台灣民間廟宇的神有的不是好的靈體，全世界很多地方的神也不是好神？

不一定。

有些你們所謂的「神」，是來自較高次元的靈體。祂們懷著慈悲與愛來到你們的世界，協助你們能更快通過第三次元到第五次元，或是協助你們解決在此世界的種種困難。

但有些靈體並不是來自較高的次元空間，他們不一定是懷著善意與愛而來。他們或許有你們認為很廣大的神通能力，能幫你們解決一些困難，但事實上他們可能是帶著控制與邪惡的企圖。這些靈體會用謊言來包裝他們自己。

哇！那我如何判斷哪一間寺廟的神是懷著善意與愛的神，那一間又是邪惡的？

你們大部分的人無法判斷。而有些少部分自認為能判斷的人，他們的判斷也不一定是對的。甚至許多你們所謂的通靈者，他本身所連結的靈體就是這些非善意的靈體。

簡單的分辨方法就是 --- 如果一間廟宇的靈體是帶著愛與善意，來到這裡協助你們，祂就不會想要從你們身上獲得什麼，或要求你們為祂做什麼，或要求你們必須做什

麼事。懂嗎？

那基督教或天主教的教堂裡面的神，都是真的耶穌、聖母瑪利亞嗎？

是的！如果他們是真心祀奉耶和華、聖母瑪利亞，那麼在他們教堂的絕對是善意的靈體。有時可能是一些聖者的靈體，或是天使會在裡面。

祢是說耶穌、聖母瑪利亞不一定會在那裡？

「這裡、那裡」，我知道你對聖靈的存在、空間還無法理解。這樣說好了，基督教、天主教的教堂裡，有充滿愛與善意的靈體，這些靈體時常守護著你們。當需要耶穌、聖母瑪利亞出現的時候，祂們就會立即出現，而且不用一秒鐘就可以出現。

哇！那回教呢？他們的神廟裡沒有供奉任何神像，但真的有愛與善意的神嗎？

是的！你們所謂的回教，又稱依斯蘭教。如果這些教徒真心的認為他們的神廟裡祀奉著真神阿拉，那麼就會有善意的神在裡面。

但不一定是阿拉？

不管是誰，但一定也是會用光與愛守護著進入回教神廟

的人。

事實上很多充滿愛與善意的高靈一直在看護著你們，不一定是在神廟裡面。只要你真心祈禱，祂們都會聽到。

祢是說神無所不在，只要我們真心的祈禱與祂們講話，祂們就會聽到？

如果你的「神」是定義為充滿光與愛的靈體的話。

我知道了，祢不要我們將所有比我們有能力的靈體，都當作「神」一樣看待。有些靈體不值得我們稱他們為「神」，因為他們可能比我們人類更沒有愛心。

是的。這也是你們人類長久以來的迷失。你們習慣把有能力的靈體祀奉為神，甚至你們很多部落會將動物祀奉為神。這不會為你們帶來好處的，甚至會阻礙你們的提昇。

我本來還以為我們台灣充滿「靈性」，因為有那麼多的神廟，那麼多的神在照顧著我們。

你們台灣的確是充滿「靈性」。你們台灣真正願意在靈性修持的人數比例非常高。但很糟的是，你們迷失的比例也特別高。

祢說的「迷失」是說，有人將非善意的靈體當作是

「神」一樣祀奉，然後就偏離了正道？

ya！不過不是就永遠偏離了正道，有一天他們還是會回來，只是多繞了一圈不必要的路。

我想祢說的「有一天」，可能是下一世之後了。

那印度呢？印度神廟似乎也不少。

印度神廟很多，他們受宗教影響比你們還深，也比你們有更多迷失。雖然釋迦摩尼佛的教義興起於印度，但目前卻沒在印度流傳。他們現代主要宗教的教義，不但無法帶給他們真正的喜樂，還帶來許多種族問題。但印度一直有較高次元充滿愛與善意的靈體，一再的投生到第三次元來協助他們。

這樣我大概懂了。也就是說不論我們在哪裡，如果我們真心地向有光與愛的神祈禱，也許是耶和華、聖母瑪利亞、阿拉、釋迦摩尼佛或是菩薩，祂們都會聽到我們的請求，不一定要去祂們的教堂或神廟裡。如果隨意去某些神廟祈求，有時就會誤入賊船。

哈哈……還是有許多廟宇裡面是「好神」，只是你們不會判斷。

那祢們兩位菩薩在那一間神廟裡？

我們不需要神廟,我們就安住在西方極樂世界阿彌陀佛的淨土裡。

祢們現在不是在這裡和我講話嗎?

剛說「這裡、那裡」,你對聖靈的存在、空間無法理解就是這意思。你以為我們在這裡和你講話嗎?實際上我們在西方極樂世界未曾離開過。

這........,怎麼一回事?

你們人類把無形的靈界看得太簡單了。人類再怎樣自認為高明的人,對這宇宙、靈界、上帝、佛、菩薩的理解就如大海裡的一小滴水,甚至更少得多。但你們很多人常自誇懂得宇宙、陰陽道理。有人還藉此斂財,這些人將來都得承受業力。

許多事情你們是無法用人類的眼界理解的。就說你們的「賽斯書」好了,「賽斯」為了要將知識傳給你們,讓你們能理解,祂已經盡量簡化、再簡化了,卻還得寫一整套。

你們台灣有人致力推廣「賽斯理論」,這樣的意念真的很好很好,是很大的善念,你們充滿愛的賽斯上師也一直在協助他們。但他們對「賽斯書」的理解還是不夠多,如果他們能多參考其他高靈上師的資料會有很大的幫助。

「老神」也說了很大一套，祂是更簡化了，但內容更深奧。如果無法真正理解「與神對話」的話，可以看祂的另一白話版。
（註：白話版指的是台灣出版的「老神再在」。）

說得好像祢跟「與神對話」那一位神很熟一樣。

當然熟，你以前看祂傳遞的書---「與神對話」時，我們就熟透了！現在一提到祂，祂又傳簡訊來了。
（註：我已經很習慣菩薩這樣開玩笑的對白，祂們也喜歡說某一位菩薩剛傳簡訊來。祂們說的簡訊就是對方給祂們一個意念或說是訊息。）

我看「與神對話」，與祢們跟祂熟有什麼關係？

祂不是說每個看「與神對話」的人祂都知道嗎？當你在看祂的第一本書時，心裡想著祂，祂就與你連結了。既然祂來了，當然我們就開始跟祂聊天了。

看「與神對話」第一集，已經是十年前的事，難道祢們很多年前就已經盯上我了？

現在才知道！你們很多準備進入第五次元的靈魂都被盯著，唯恐你們破了一點點小傷口。

最好是啦！不過我知道祢們的意思了。很多人其實現在已經被保護著，只是他們不知道。

繼續講祢們安住在西方極樂世界這一件事，我很想知道。

我從來沒有離開過，因為我不是全部的我，我只是我的一小小⋯⋯部分。

祢是說祢是很多觀音菩薩的其中一個？

不是，我是我自己本體分化出來的一個非常非常小的意識。

祢不是一個觀音菩薩？

我知道你說什麼。你是把我們菩薩當成像你們說的鬼魂那樣，一個一個的個體。絕對不是那樣！

我的本體能量場比你們的太陽還光明燦爛。我廣大的能量沒有任何人類肉體可以承受，所以只能將我自己分成小小小部分囉。

所以祢是祢自己的一小部分！那祢的本體知道祢跑出來嗎？祢知道祢的本體現在在做啥嗎？

我知道我自己的所有一切！我知道我其他的每一個小部分在做什麼！我們有相同的意識也有不同的意識，但我們共有所有的意識。

我腦袋暈了！祢們好像星艦迷航裡的柏格人，柏格人都

是共有意識的。
（註：星艦迷航—Star Trek，美國科幻影集。）

我們絕對不是機器人！再讓你問下去沒完沒了，你不是
只想寫一本很簡單的白話書嗎？那這話題得先暫停，因
為對你的提昇沒有幫助。

所以佛經說「阿彌陀佛」的能量場如此莊嚴廣大是真
的！？

「阿彌陀佛」比你們任何一個人所知道的廣大得更多更
多更多……………。以你們的話來說，就是「不可思
議」、「不可思議」……。

但你們完全不了解佛，也不了解佛經。

不了解佛經？這是很嚴重的指控喔！

這是事實不是指控。事實上你們應該更放寬自己的眼界
與心胸去學習更多新的事物，而不是用盡一生的時間鑽
研佛經。因為這些佛經你們就算能理解也只是很小很小
部分，這樣的理解也可以說是完全不理解。

所以呢，誰能完全了解釋迦摩尼佛所說的佛經？

目前還以肉體存活在地球的人類，沒有一個能完全了解。

如果說無法了解全部的佛經是有可能，因為佛陀傳下來的經文可是比賽斯書多上幾十倍？

你說錯了，不是無法了解全部佛經，而是任何一部佛經你們都無法了解！

祢說我們目前活著的人類對佛經任何一部都不了解？這不可能吧！祢說的佛經和我說的有認知差別嗎？我說的是釋迦摩尼佛花了四十幾年所說的佛經耶！

沒有差別，我說的就是這整套佛經。沒有一個地球人能完全懂得其真正意涵。

祢是說佛陀話中還有話？

不是！舉「般若波羅蜜多心經」來說好了，光是「色不異空，空不異色；色即是空，空即是色。」這一句，解釋三天三夜你都無法領悟。

這........，那我們幹麼讀佛經？

讀就好了，有些內容只要知道，但是不需要理解！當你讀一篇佛經或是念一句經文中的咒語，就會有諸佛、菩薩的願力能量產生，所以常念佛經中的經文、咒語對提昇你的靈魂振動頻率是有幫助的。

那我們常念的「觀音菩薩普門品」呢？這一部算簡單

吧！感覺挺白話的。

雖然是很白話，但你們的理解全都錯錯錯。

唉呀！這我就真的無法理解了。

還是一句話，讀就好了不需要理解。

祢是說我們只要常念佛經中的經文、咒語就可以幫助我們提昇，不需要去理解佛陀想告訴我們什麼？

是的！就算窮盡一生鑽研，你們還是無法完全懂，因為你們的眼界太狹隘了。

我是不懂，也知道很多人不懂。但我們從古至今，有很多高僧、法師對佛經做過註解，我相信他們的註解應該不會有錯吧！

你們常以為你們許多的高僧、法師都是菩薩，甚至說是佛來轉世。這是一個非常非常非常非常……錯誤的觀念。

那很多人說某些法師是菩薩或佛來轉世，這是錯誤的？

嗯！因為你們不了解佛與菩薩的境界。所以你們只要看到某些人修為比較好，就會認為他是佛或菩薩來轉世投生。就說菩薩好了，一個已經到達菩薩境界的靈體是不輕易再進入肉體的。你們世上有些修為很好的人，只能

說他有如佛、菩薩的慈悲胸懷，所以你們可以說他是有著佛心或是菩薩心，但他們的靈魂絕對還不到佛、菩薩的境界。不過以你們目前人類次元而言，這些具有菩薩慈悲胸懷的人，已經足夠帶領引導你們了。

既然我們不需要理解佛經，那麼佛陀為何又留下那麼多經典給世人？

再重複前面講的「讀就好了，有些內容只要知道，但是不需要理解！」你有真正了解我這一句話的意思嗎？

不是說要說白話的嗎？祢們又話中有話了？

是是是！講白一點，就是你們靈魂還沒到達一定境界時，你看佛經也看不懂。可是你只要讀過、看過內容，或許某一天你突然頓悟，你自然就懂了！硬是去鑽研或隨意解釋是沒有用的，倒不如把這些時間拿來提昇自己的靈魂。

那從古至今，有些開悟的高僧、法師，他們的註解應該就不會錯啦？

你們對「開悟」的定義，絕對與我們的定義不一樣，甚至差很遠。

有些一生致力於研究佛理，而也身心力行致力於靈魂提昇的人。這人就他所讀過的某一句經文或許哪一天會突

然頓悟，但不表示他可以了解整部經文的全部，所以他們還是無法對整部經文做完整的解釋。

所以說，祢們並非要我們完全放棄讀佛經。而是我們應該去讀去看內容，但是真的不懂時就不要一直去鑽研了。只要致力於靈魂提昇到一個境界，或許哪一天就突然頓悟，就知道某幾句經文什麼意思了！

ya……！有如此的認知甚好！

那何不乾脆請祢們來開講為眾生解經？

哈…，那要看你們願意讓你的靈魂提昇到何程度，看你們的心量願意開展到何程度！

也就是說，除非我們的靈魂提昇與心量的開放到達一定的程度，祢們才願意這樣做？

我們隨時都願意做，只等你們準備好！

那還不是同樣的意思！

所以就祢們說的，想要靈魂提昇就不只「愛、喜悅、療癒」，念經文、咒語也可以？

這樣說不對。後面章節我們會好好的告訴你如何提昇好嗎？

如果說佛陀的經意是那麼的難，為何當時的印度人會聽得懂呢？

你應該好好再看看佛經。佛陀講經，為眾生、天人、帝釋、阿修羅、夜叉、菩薩……，祂的「法華經」經義之深，連我們菩薩都無法一時領悟。

當時跟著佛陀修法的人，很多其實是來自高次元空間的靈魂，願意追隨著祂一起來到第三次元世界。所以一佛出世的意義是多麼的殊聖！

祢們菩薩都已經如此廣大，還無法領悟「法華經」！那麼……我真是不知該說什麼了！

可以簡單說說「佛」嗎？用最最簡單的方式說。

佛的境界就是知曉一切的境界，佛的境界就是與「一切創造源頭」合一的境界。
（註：菩薩所說的「一切創造源頭」，就是我們所稱創造所有一切的「上帝」。）

就是佛已經能與上帝合一了！祢們菩薩可以與上帝合一嗎？

我們還早還早，可能再幾千萬年吧！

幾千萬地球年？

對有些菩薩而言，說幾千萬年還估早了。至於你呀，或許要花數億或數十億年，才能到達佛的境界。所以你說你們地球有人了解佛嗎？

我們所知道的差太遠太遠了！祢們會想快一點成佛嗎？

我們會想成佛，但不想快一點。因為每個階段有每個階段的樂趣，我們享受目前的狀態。

地球上竟然還有一些擁有許多追隨者的人，喜歡說自己是菩薩轉世，或說自己是活佛，那真的是……。

愛說就讓他們去說吧，不要隨意評論。

你也可以是菩薩，因為你已經有菩薩的慈悲心，因為你願意為眾生付出愛。只是你的靈魂層次還沒到達菩薩。但你絕對可以稱得上是心靈導師。

那樣說的話，世界上很多人也可以說是菩薩，因為他們有如菩薩一般的大愛意識。像眾人皆知的德瑞莎修女，只是她的靈魂層次還沒到達菩薩。

是的！是的！這樣懂了嗎？

那耶穌、聖母瑪利亞算是「佛」嗎？

「佛」不是一個名稱，「佛」代表已經到達一種境界。

耶穌、聖母瑪利亞將來也會成佛。你們也是一樣，只要你們願意提昇 --- 「眾生終將成佛」。

那麼，在「佛」之上還有什麼？

沒了，你們的靈魂輪迴就到「佛」為止了。

沒了？那然後呢？

然後就是真正的「涅槃」。也就是「佛」的死亡，所有能量歸於「一切創造源頭」。這是一件多麼……，不管用什麼名詞都不足以形容的莊嚴壯麗、喜悅，不可思議。

祢說佛也會死，就是說靈魂也會死？

佛的壽命是你們這一個宇宙壽命的好幾倍、幾十倍、幾百倍、千倍、萬倍…以至億倍。你還擔心佛壽不夠嗎？

喔！腦袋都暈了！我們的宇宙照科學家說法，目前年紀應該是一百四十億歲，算還很年輕。
這樣的壽命真是夠了夠了！

之前看「無量壽經」講「阿彌陀佛」那不可思議的壽命，我還無法相信，現在真的可以有一點點理解了。

「無量壽經」講的都是真的。

那可以說說「一切創造源頭」為何創造我們靈魂，讓我們來人間受苦嗎？輪迴也是祂創造出來的嗎？

靈魂、輪迴都是「一切創造源頭」的作品沒錯，但主要目的不是讓你們受苦。

「一切創造源頭」用愛創造出一切，祂創造出許多個宇宙，且把自己的一部分分為無限個小靈魂，每個小靈魂有自己獨立的自由意識。然後這些小靈魂開始在不同宇宙，不同空間體驗、學習……。

就說你們地球人類好了，你們從「動物」進化到較高意識的「人」已經數萬年了，你們一直在第三次元空間。

如果如你所說，到第五次元就快樂得像到了天堂。那麼也就是說從「人」到「成佛」，再經過無以計數的佛壽到「涅槃」，依這樣的靈魂壽命而言，「處於第三次元的痛苦時間」與「處於第五次元以上的快樂時間」相比，你還會覺得「一切創造源頭」在讓你們受苦嗎？

如果我在第三次元當人的時間是幾萬年，在快樂的次元空間過活的時間是數千億年，那幾萬年真的就不算什麼了。如果我完全沒受過苦，可能幾萬年後我就開始覺得遺憾了。

你終於領悟上帝的用心了。

真的真的太感謝菩薩祢們了！用那麼簡單、清楚的言語來說明！祢們不僅解開我的疑惑，更解開地球人類自古以來的疑惑呀！

我們人類是上帝創造出來的嗎？

如果你問的是你們地球人的肉體的話，簡單的說你們不是上帝所創的最初版本，但你們也絕不是猩猩、猴子進化來的。

這裡我將地球稱為「蓋亞」會比較妥當。你們的地球是一顆非常年輕的行星，她的名字被稱作蓋亞，她也是一個非常年輕的靈魂。

在你們這個宇宙的第三次元空間裡，有生命生存的星球就有數億顆，這裡指的生命包括微生物。

有些星球的生物，數千萬年前就發展出高度科技，隨著發展星際旅行。這些外星的旅者，知道許多宇宙知識，也擁有比你們進步很多的科技。他們穿梭在星系之間，直到有一天他們來到蓋亞。蓋亞當時是一顆綠意盎然的小行星，他們對這一顆小行星充滿好奇，也對蓋亞多變的物種充滿高度的興趣。於是他們做了，他們經常在其它星球做的事 --- 進行基因培植。他們經常對於沒有高意識發展的星球，例如只有低意識的動物而沒有高意識「人類」的星球，進行基因培植。

他們的科技是如此的發達，超過你們很多，他們在蓋亞進行複雜的基因工程，並且從數種動物胚胎中培育出新的物種。一項最大膽，是最好、也是最糟的嘗試，就是將他們的基因與你們的黑猩猩進行混育。這項工程非常複雜，他們花了好幾代的時間，從他們遙遠的星系不斷的來到蓋亞，就是為了一個特別的時刻 --- 見證「人類」被創造出來。

你們的原始人雖然長相與智慧還不是那麼完美，但對這些外星人而言，這已經算是一項奇蹟。他們之後又陸續觀察你們數百萬年，這數百萬年間他們還一直不斷的對原始人進行改造，這工程造成很多死亡，但也造就了你們較為「近代的人類」。

這期間，不只一個星系的外星人，很多不同星系的外星人也都來參與，但也有很多是失敗的。有些「近代的人類」壽命非常非常短，這都算是失敗作品。當時的蓋亞儼然成為各星系外星人的實驗室，各星系外星人佔有不同據點，也在蓋亞留下很多你們至今仍認為是「謎」的遺蹟。

這實驗一直進行著，「舊人類」不斷的被改造，這些外星人創造出比他們自己更美麗的物種，就是你們目前的人類。你們「人類」在整個宇宙，可算是非常美麗的生物。目前你們蓋亞人類是不同星系的外星人最後的實驗產物。幾萬年前你們曾經歷幾次文明滅亡，有些人類後來選擇離開蓋亞到別的星球，有些繼續留存下來。

這就是你們蓋亞人類起源的簡單說明。

哇！又開眼界了。祢說蓋亞是一個非常年輕的靈魂。可以稍微解釋一下嗎？

地球，你們給她（他）一個名稱叫作蓋亞。她的確是一個活生生的個體，她是有靈魂的。

以前一些高靈上師說蓋亞是活的。我都以為祂們會這麼說是因為地球有很多活生生的生物，所有的土地、海洋都蘊含生命，所以蓋亞是活的。我不知道蓋亞就是一個靈魂。

她的確是一個很大的靈魂，她是「一切創造源頭」分化出來的靈魂之一。

那她跟我們人一樣囉！

不一樣！她不需要經過「六道輪迴」，但她也需要進化與提昇。

我第一次聽到這樣的理論耶！又清楚又震撼！

「一切創造源頭」創造的東西多得很。不是所有的靈魂都與你們一樣需要輪迴，但他們都有自己的進化，還有很多很多很多種類是我們也不知道的。

哇！祢講得輕描淡寫的，但這是多麼令人震撼的言語，一時之間我覺得所有一切都清楚明白了。

不不不！你明白的部分，就如地球全部的水加起來中的一小小小……滴，還不及。

那祢們和我們人類一樣嗎？

是的，我們與你們一樣是必須經過輪迴的過程來提昇。你將來有一天也會是「觀音菩薩」。

我知道啦，幾億年之後！

你精進一點或許幾千萬年就可以到達了。

台灣有一個宗教說，佛或是觀音菩薩的位階是被授予的，只要你這一生表現得好，死後靈魂就可能被授予為菩薩。

可笑可笑，這還需要我給你答案嗎？

你們的靈魂能不能投生到第五次元都不是任何人決定或授予的。當你的靈魂振動頻率到達一個程度，你就自動提昇到第五次元。這是「一切創造源頭」創造的法則，不是任何神，任何佛、菩薩可以給你的，懂嗎？

我知道了，如果連進到第五次元都不是被授予的，何況

是佛、菩薩的位階。

佛、菩薩沒有你們所謂的位階，能到達菩薩或是佛的境界就是 --- 「領悟」。

這太難了，況且我現在不需要去懂。就如我只學會數學加減，下一步就應該先學乘法，而不是先去研究怎麼算微積分、工程數學。否則，那就是浪費時間自尋煩惱。

嗯！這樣想很好。

那回到之前的神廟問題。祢們既不在神廟裡，那麼很多神廟都供奉著觀音菩薩，是怎麼一回事？那些供奉觀音菩薩的廟宇，真的都是觀音菩薩嗎？或者是邪惡力量？

有的是邪惡力量。而我也要你知道，真正的觀音菩薩不會在廟裡接受供奉。一些正派的神廟裡確實會有一些友善的靈體，可能是菩薩的學生，但不會是菩薩。只是有大麻煩時菩薩也可以隨時現身處理。

那怎麼辦？我們拜觀音，結果到最後可能是在供奉邪神。

你只要記得一句話：「諸佛菩薩無所不在，只要你真心祈禱我們就會聽到，不需到神廟裡。」

佛經裡面說觀世音菩薩，救苦救難，千處祈求千處現。可是很多人一生禮拜觀世音菩薩，卻還是脫離不了痛

苦。祢們真的都有聽到我們痛苦的呼求聲嗎？

當然都有聽到。你真的認為我們沒幫助你們嗎？我們幫了很多，但不是每個人隨意呼喊我們就會得到幫助，很多個人的業力問題我們是不干預的。

那什麼樣的請求祢們會幫我們？什麼樣的人呼喊祢們才會得到幫助？

靈魂提昇的請求，靈魂療癒的請求。

準備好提昇的人，想要提昇的人，因為廣大的、無私的愛而呼請我們的人。

真正需要我們協助的人不多，因為這都是個人自己的業力造成的問題。有些不屬於個人業力造成的靈體侵擾，我們也可能會協助。

「有些不屬於個人業力造成的靈體侵擾，我們也可能會協助。」這句話，什麼意思？

你們的世界有許多你們難以想像的靈體存在，你們老是認為靈體就是長得像人的樣子，這是錯誤的。假如一個外星存在體，問我地球有哪些生物，我無法一概而論告訴他。同樣地如果你問我處於這空間的靈體是什麼樣子，我也無法告訴你全貌，因為靈體的種類太多太多了。

你們說的精靈、妖怪、山精、地精……，這些都是靈體。如果這些與你們人類不相關的靈體惡意侵擾，我們就可能會協助。

哇！好訝異喔！祢竟然會告訴我，我以為這些只存在於神話故事裡。

告訴你們是要讓你們知道，這些的存在都是自然現象。就像你們地球有很多不同動物存在一樣，只是你們無法用人類肉眼看到，所以沒什麼好繼續探索的，將來有一天你們自然會感知他們。目前你們身為人就該好好的做你們人該做的事，不要再去騷擾這些靈體或探索這些「靈異事件」。他們大部分也沒有要傷害你們的意思。

你們也不需要花時間追尋探索外星人存不存在。外星人早就已經在地球上行走了，他們想要現身時就會出現。

菩薩是屬於佛教的嗎？

佛、菩薩絕對不屬於任何宗教，穆罕默德、耶穌、聖母瑪利亞也不屬於任何宗教，所有天使、高靈上師們也都一樣。

你們老是愛分裂我們，真是不知該怎說了。事實上我們與耶穌、瑪利亞、穆罕默德以及很多你們不認識的上師們，我們彼此都給對方很多的愛。我們也給予你們地球人類很多的愛，不管你們是否有宗教信仰。

但你們卻常「以神之名」行背離愛之事，甚至迫害與你們有不同宗教理念的人。如果世界上沒有任何宗教，你們心中只有「充滿光與愛的神」，你們只需對「充滿光與愛的神」祈禱，我們都會聽見，因為我們即是 --- 「充滿光與愛」。

當你們集體這樣做時，你們世界有許多的人就不會因為可笑的「宗教立場」而傷亡。

菩薩與穆罕默德、耶穌、聖母瑪利亞、天使是住在相同空間嗎？

我們依照靈體進化的程度，處於不相同的次元空間，但是我們可以隨意穿梭許多次元空間。我們協助地球，也協助外星球的眾生；我們協助第三次元，也會去教導更高次元的眾生。我們進化得越高，則可以協助的對象就越廣大，這樣了解嗎？

穿梭次元空間、宇宙旅行，對菩薩而言是家常便飯，但這不是你們第三次元的人目前該學的。你們地球人類的壽命非常短暫，好好把握做該做的事。

祢們意思是說，追尋這些知識不管是鬼怪、靈異事件、外星人、耳通、天眼通、意識出體……或學其它的神通，都是目前在地球的我們不需要的，因為這些對我們靈魂的提昇沒有幫助。

是的！這也是我們一直不願意幫你(Sikila)開啟更多能量感應力的原因，因為這些會讓你的提昇學習失焦。

我現在終於知道祢們的用心了。如果人類進入第五次元就可以快樂生活，那我真的很想告訴全世界每個人這項訊息，告訴他們人間天堂已經離我們不遠了，只要再努力一點，每個人都可以做得到。

這不就是你今生再來此的目的嗎！你這些話已經在投生之前說過了。

可是會不會有人不想提昇那麼快，想在地球多體驗一點？例如一些非常有錢、身體健康、人際關係圓滿、什麼都不缺的人。

也是有人不想提昇那麼快，畢竟在這裡可以得到許多難得的體驗。倒是你說的今生生活條件非常好的人，卻不一定想繼續停留。因為他們可能只是這一世比較好而已。

所以祢們還是希望我們快點提昇？

不是！我們沒有特別的「希望」，我們只是提供你們資訊，讓你們可以選擇。要選擇提昇或是留在這裡繼續更多的體驗，都是你們自己的選擇。不管你們怎樣選擇，我們都是給予愛與尊重。

那我們繼續原來話題。祢之前說的「鬼非鬼」是什麼意

思？祢可以說說人死亡之後靈魂去哪兒嗎？

我知道你們總是將肉體死亡之後的靈魂稱為鬼，事實上你不希望你肉體死亡後，別人稱你為鬼是吧！

當然不希望。不過應該如何稱呼或是如何重新定義更好？

哈哈…。
肉體死亡之後的靈魂是有層次的，靈魂的層次決定它的動向，而層次的高低與它這一生以及它所有的過去世經驗有關。有些較高層次的靈魂你們就不會稱它為鬼了。
（註：在此我將肉體死亡之前稱為今生。用「它」代表已經失去肉體的靈魂。）

肉體死亡之後，通常這靈魂會先去處理它今生所該處理的事情，之後它才會離開。如果它還認為有些事情沒有完成也就是心願未了，通常它就會待在親友或是與它有關係的人身邊久一點，這樣也會對活著的人造成一些影響。

如果這靈魂還無法提昇到第五次元，也就是它還在第三次元的靈魂階段，通常它呈現出的磁場會讓你們感覺不舒服。

這時靈魂的意識是不同於它還在肉體時的意識。如果它是處於較低意識狀態，它通常會覺得茫然不知何從；如果它是處於較高意識狀態，它會很清楚的知道該往何處去。

靈魂的意識高低決定於它的累世經驗與學習程度，而不是只用今生來決定。從你們一般人來看，有些人今生看起來似乎很糟，比如說低智商或低知識水平或脾氣暴躁或重大罪犯……等。但它過去累世的學習，已經讓它的意識達到一個較高狀態，那麼它還是屬於高意識的。也就是說如果它已經在高意識，不管它今生如何狀態，都不可能再回到低意識。

因為靈魂意識高低有別，不同層次就有不同的去處。

祢可以講更清楚、更多一點嗎？祢說：「靈魂的意識高低決定於它的累世經驗與學習程度，而不是只用今生來決定。」那麼到底要經驗什麼、學習到什麼程度才能讓意識提高？

你們的意識從當動物到人類至今，其中經過許多的進化。至於要經驗什麼、學習到什麼程度才能讓意識提高，這難以量化。

不過這樣說的話也許會更清楚 --- 當兩個靈體的體驗與學習都差不多時，哪一個靈魂學得更多的「愛」，它的意識就會較高。

祢說的「靈魂意識提高」與「靈魂提昇」，似乎不一樣的條件？

沒錯！我們會在後面章節說明靈魂如何提昇。

祢說因為靈魂意識高低有別，不同層次就有不同的去處。那這些靈魂去了哪裡？

有些靈魂會流連在生前的地方，有些靈魂會有其它的靈體帶領到屬於它該去的地方。隨著它的意識高低就會有不同的去處。

我們必須打斷你問有關於人死後、鬼魂的問題了。因為靈魂在離開肉體之後的世界其實是非常複雜的，用幾天來講都講不完。這也不是你們目前該知道的，因為知道也無濟於事。但你們不要太擔心這問題。好好做！好好做就對了。

難怪很多通靈者講死後的世界似乎不太一樣。他們都聲稱自己看到的才是真的，事實上他們看到的都可能只是冰山一角？

ya!

祢們一直說第三次元、第五次元，是不是有一個地方跳過了？很奇怪的是高靈上師也很少講第四次元。有些書是有提到，但是卻各自有不同的說法。

嗯……第四次元嘛？要不要跟你們說呢…？

當然要說呀！

事實上，有些空間的人不用「次元」這一個說法，不同地方有時用不同的說法。你們有時不是也稱「次元」為「維度」或「密度」嗎？不同空間的「人」對次元有不同的定義，更高次元的「人」才能更清楚「次元」。事實上不能稱他們為「人」，我這裡只是方便說法，知道嗎？因為是你們習慣說「人」，事實上他們大都不是人類，所以講到別的空間的人或外星人就是指那一個空間的存在體或外星存在體。

而我們定義的「第四次元」，事實上相信我，你不會想去那裡。那裡的人意識沒比你們高，如果用靈魂層次來論的話，第三與第四次元是一樣的，只是他們的能力較強，他們有較強的神通力。

好像很好玩，我們有可能投生到那裡嗎？

等你了解那裡，你一定不會覺得那裡好玩。如果你比目前地球人有較強的神通力，但是你並非是有足夠的愛，就可能去那裡。

感覺那裡好像是一個充滿魔法、巫師的世界。

那裡並非是如你想像般的有趣，事實上在那裡生活會面臨很多的困難。第四次元就解釋到此，可以嗎？

好的！

四、前世今生、因果、業力

【觀音語錄】

精神的豐盛比物質的豐盛更可貴。
所有的豐盛早已經為你存在。
端看你想要創造何種豐盛。

能懷著感恩與祝福的心
對待萬事萬物，
才是最幸福的人。

四、前世今生、因果、業力

談談關於過去世好嗎？

這個話題既有趣又沉重。你們在過去世曾經有過那麼多精采絕倫的經歷，扮演過那麼多的角色，這些角色有時是那麼的可愛，有時又是那麼的令人感嘆。

就你(Sikila)來說好了，你不斷的反覆體驗當男性、女性。你的男性能量發揮得比較好，所以你當男性的時候通常比較自在，在個人發展上也比較有機會展現更多的才華，不過曾經承受的壓力與痛苦也更強烈。

反倒你當女性就發揮得不是如此的好，通常你的情感比較壓抑，甚至有幾世是因為情感、關係問題而輕生。但並不表示你身為女性時就不快樂，你還是有幾世過得挺不錯的。

這些前世的問題，有些會反應到你們今生來，但不一定是全部。需要看你今生的環境、周遭人事物的變化，是否剛好引動過去世的一些記憶因子。

你們總想了解前世與你今生到底有些什麼關係，而確實前世與今生是很密切相關的。你們今生很多的情緒、關係、人生發展，都會跟你的過去世體驗有關係。雖然你

們不會記得過去世的事情，但這些你曾經經歷過、學習過的，以至於你所發展成的靈魂特質，都會一直跟隨著你。所以你們有些同一父母所生的兄弟姊妹，在同一環境下成長，還是有完全不一樣的特質。

從某個角度來看，過去世的歷程是很有趣的，因為有那麼多的變化，有過那麼多的人物參與。就好像你親身去演過幾千場感覺很真實的電影，而你的親朋、好友也隨時在某一場劇中穿插一角。有些人這一世是扮演你的兄弟，下一世則是改成扮演你的女兒；有些演好人有些演壞人。當他們扮演你的親人時，你非常愛他們；等他們演壞人時，你又對他們充滿仇恨。

總總這些劇，不管是喜劇、悲劇或鬧劇，總是如夢一場。但通常你們太入戲了，每一次你們都將戲中角色當作是真實的。你們忘記了這是上帝為你們搭建的舞台，當你演完這一場你又會去另一個舞台演出下一場。

因為你們通常會將戲中的一切當作真實的，以至於太過入戲，甚至下了戲還是無法回復過來。有時你們已經演到第五百場了，但下了戲之後卻還在第一百三十五場的劇情中回憶流連，這就是你們靈魂痛苦的因素。

你們其實可以在幾場戲之後就醒過來。你們要了解這些不過是戲，你們沒有必要為過去所有這些劇中的人、事、物，再產生任何悲傷、痛苦、遺憾……種種負面情緒。就如你們在人間看電影一樣。有時電影劇情太逼

真，你們就會不由得融入劇情，甚至在電影播完散場之後還為劇中人物唏噓感慨。或許你們喜歡沉醉在劇情中，但這些情緒終究不應該停留太久。

我們如何知道過去世的事情？為何不讓我們現在活著的時候先知道這些事情，這樣我們不是就更容易從劇中醒來？過去世的劇情為何會一直讓我們流連忘返，或說一直影響著我們，我可以隨時醒來不是嗎？

如果你想要更深入知道這些，你必須先有心理準備。因為這是一場非常嚴肅的話題，先坐穩了，再慢慢聽我們細說。

從古到今，你們一直在問有沒有過去世？我這一生過完是否就此完結？我過去世曾經經歷過什麼？但是你們很少得到完整的答案，因為你們沒有人會記得過去世，有的話也只是不完整的一小片段。

你們總是想要找出更多關於過去世的體驗，你們甚至想藉由催眠或求助通靈者來找出答案。但我要告訴你們的是，就算你們藉由催眠或通靈者，也不一定能找到答案。因為你們進入催眠時，喚起的記憶不一定是完整的。可以說有時你將過去的第五十場劇情與第六百場劇情或是這一世的劇情全混在一起了。當你看到過去世的妻子，你可能將她跟你現今的女友聯想在一起，而認為她們是同一個人，事實上這也許只是你內在的投射。而更多時候你在被催眠的狀態下，並沒有喚起過去世記

憶，只是你自己內在重新再編造出一個劇情來。

那我在十幾年前看過的那一本書「前世今生」怎說呢？那一位心理醫生不是讓他的個案喚起前世記憶，甚至還有一些高靈藉由那一位個案，講出她平時講不出來的很有智慧話語？

那是一個特別的例子，有較高次元的靈體準備藉由那一位心理醫生傳遞訊息給你們，就像現在很多較高次元的靈體一直傳訊息給你們一樣。就因為如此，所以那一位女性可以很清楚、完整的看到過去世的經歷。也就是說，除非我們願意讓你們看到完整的畫面，否則藉由催眠或是通靈者傳訊息還是無法完整，甚至可能扭曲。

祢說通靈者傳遞的也不一定正確？

那要看這一位通靈者所連結靈體，是否是屬於高次元空間的靈體。我前面說過了，有些靈體不一定是友善的靈體，他們的能力甚至也不夠高，雖然是比你們高。而你們就很輕易的去崇拜、相信他們，將這些靈體當作很屬害的「神」。

『再說一次，要對你們展現神通力很簡單，但是有光與愛的高靈上師通常不會想對你們展現神通力，因為怕會誤導你們。你們也不應該被誤導，認為只要有神通就是很好、很屬害的神，甚至把一些具有神通的人當作偶像。聽其言、觀其行，看看祂們或他們要給你們的是什

麼訊息才是重要的。』

有時過去世的問題是如此的沉重、如此的嚴肅，以至於我們也不想讓你們了解過去世曾經發生的事。

你們要知道，所有一切事情的發生都是有因由的，每件事的發生都可能帶著一個或數個背後因子。光從事情表面來看，如果你們只觀其一不知其二，則會有嚴重的判斷誤差。這也就是為何我們一直告知你，不要隨意評論、批判的原因。如果你們只用一個事件去評斷別人的對與錯，這樣你們不但失去了公正性，也可能為自己製造了業力。如果你了解因果的關係，你將不會想再評論別人，不會隨意對某些事情的發生做出判斷。

將來你們回到靈魂狀態後，你們都有機會回憶起過往所發生的一切，這也是你們每個靈魂以後必須面對的難處。這種回憶是如此的真實，如再次親臨一般，這回憶絕對是無法被抹去的。你們累世的所有生命所經歷的所有事件，完完整整被紀錄，就像你們的每一生都被完整錄影一樣。這不是紀錄在某一個空間的一個你們稱為「阿卡沙的圖書館」裡，而是全然的就存在你們的靈魂裡。這也就是為什麼當我們看到某一個人，就可以完完整整地知道他的過去世歷程。

你要知道我們對你們的愛有多麼深。

雖然與你們整個靈魂生命相比，你們受苦的時間是那麼

短暫，而往後歡樂的時間是無窮無盡。但是看到你們受苦，還是有許多高次元的上師想來協助你們，幫助你們快速通過這個第三次元的靈魂試驗期。

儘管對我們菩薩而言，這是你們的體驗，這是你們靈魂必經的過程。

但對於比你們較高一點次元的上師們，卻記憶猶新，雖然以你們的時間來算，這些上師提升到較高次元已經經過數萬年到數十萬年。但靈魂的記憶是非常深刻的，與你們目前人類的記憶是完全不一樣的，所以祂們總是急切的想來協助你們，就算你們無法感知祂們。從久遠以前祂們就一直在協助所有第三次元的眾生，這當然不只是你們的地球。

你們在地球雖然有許多的痛苦與災難，但基本上這還算是一個好地方。蓋亞有自己的進化，有自己的提昇之路。她也是有自己的呼吸，她的「身體狀況變化」有時會對你們生物造成很大的傷害，比如火山爆發、酷寒的冰河期、板塊移動……。

你們靈魂已經待過很多星球，有些地方是比地球資源豐富些，有些地方卻比你們地球荒涼貧瘠許多。蓋亞已經提供你們所有人類所需的資源了。以你們目前人類所有的疾病而言，在蓋亞絕對可以找到醫治的植物。但是你們不但沒有好好感謝她，還肆無忌憚去掠奪她、傷害她。你們要知道，無論如何你們可以說是與她共生共存的。

你們在具有肉體時的體驗有許多歡樂，當然也有許多的痛苦。當你們在肉體的體驗感到痛苦時，你們總是一直呼喊，用各種語言、各種名稱呼喊我們。

我們都聽到了！我們都聽到了！

但是人間輪迴是「一切創造源頭」定的法則，我們不能去更改！沒有任何人有能力去更改。我們只能教你方法，教你提昇的方法。

我們是如此愛你們！我們也知道總有一天，你們所有人將回到家，回到「一切創造源頭」為你們安排的歡樂所在地。而過去這一切將成為回憶，充滿淚水與歡笑的回憶。

你們地球許多人已經完成艱難的試驗，即將進入一個新的旅程。之後的旅程，我相信你們一定會非常欣喜的。假如你們知道你們過去經歷了什麼，那麼往後的旅程，你將會以為你已經到了天堂。

這一次我們不是來告知你們死亡後有多麼的快樂、多麼的殊聖；我們不是來告訴你們死亡之後每個人都會進入天堂，享有平安與喜樂；也不是來告訴你們地獄有多麼可怕的烈火，有多少酷刑。

我們是來告訴你們「事實」。用你們第三次元的人類可以理解的經驗，來闡述這個「事實」。

雖然所有的「事實」離「真相」還很遠很遠。

用不同次元的角度來看整個靈魂事件，就會看到不一樣的結果，有不一樣的認知。

我想知道事實，我真的對死亡後的世界有太多的疑惑，不管怎樣的結果我都願意聽。

這一次，我們準備以第三次元的角度來告訴你們，這是我們許多菩薩共同決定的。

儘管你們已經收到很多來自高次元上師的訊息，祂們都說死亡之後是很美好的。祂們講的都是對的，因為從不同次元的角度來看死亡這一件事，就有不同的感知。

「現在我們準備用你們第三次元的人類視角，來講死亡之後的事。」

我們說過，在過去你(Sikila)曾發生過如此令你感到痛苦的事情，這對你而言是一個難以磨滅的傷痕。儘管已經過了數千年，你也再輪迴多世，轉換了不同的星球投生，但這事件對你依然是個創傷。雖然我們一直協助你療癒這創傷，但你卻一直讓這舊傷復發。能不能完全痊癒，終究還是得看你是否能「放下」對這一事件的「執著」。也就是說除非你學會了「心無罣礙」，否則你依然會讓這一事件困住你。

而你累世痛苦的回憶不只有一件。

如前所說的「這種回憶又是如此的真實，如再次親臨一般。這回憶絕對是無法被抹去的。」你們人類的記憶可以遺忘，但靈魂的記憶卻無法遺忘。

當你再度回憶起那時的情況，就將再度陷入那情境。從外在來看，甚至很多比你更高次元的存在體，也是看不到你已經陷入的情境。他們只是感覺到一個靈體非常安靜、沉重，充滿濃重的負面能量。

但這時我們卻知道你已經再度進入過去那情境。看著你的靈魂痛不欲生，像在地獄裡的痛苦，每一秒鐘對你都是折磨。這就是地獄！

地獄不是一個地方，它不是真的存在，但是你卻一再體驗它的存在，因為它的存在方式，你們人類是無法理解的。

這樣的折磨，也是在過去久遠以前我們所曾經體驗過的。我們曾經走過你們目前所走的路途，儘管那已經經過了數千萬年的時間。

祢們曾告訴我關於我自己的這一段歷史。只是祢們把「地獄」講得如此淺白，這是我第一次聽到。我們很多人比喻：「生重病時的痛苦；為金錢生存掙扎的痛苦……」就宛如身在地獄，是這樣子嗎？

靈魂所承受的是好幾世的，這樣說你懂嗎？

我知道祢們要表達的是什麼。

那我們如何可以讓靈魂脫離這些宛如身在地獄般的痛苦呢？

你們必須提昇你們的靈魂意識、提昇你們的靈魂能量場，然後憶起這些輪迴轉世就只是戲，你必須學會不再入戲。這在後面章節我們會講得更清楚。

祢們為何選擇在這一時刻來指導我們呢？高靈上師的訊息在這幾十年內不斷的傳遞進來，我們數千年來的歷史好像沒這些紀錄。

我們從數千年來一直都有給你們訊息，只是在過去你們的傳播媒體不發達，所以你們無法發現那一時期的訊息。釋迦摩尼佛、耶穌、穆罕默德……還有許多聖人、先知不是一直給你們訊息嗎？過去還有許多人也一直在接受高靈上師的指導，只是這些訊息沒有傳播出去而已。

而現在這時刻也的確是個不平凡的時刻，你們的集體意識在提昇。你們地球很多人類也即將進化、即將提昇到第五次元。這是一個歡慶的時刻，我們帶著極大的喜悅來看著你們提昇，此時有無法言喻的「愛的能量」在整個地球流動，你們有很多人感受到了。

地球上每個人都可以提昇嗎？還是說有些較老的靈魂才可以提昇？

不管你是年紀大一點的靈魂或是年紀較輕的靈魂，你們在我們眼中就如襁褓中的小貝比，所以在你們之中沒有所謂的「老靈魂」。你們任何人都可以決定要在這裡（第三次元）停留多久，但這意思不是說你現在就可以說「我要離開了」，而是說你有自由意識可以選擇步上提昇之路。你可以選擇往前進或是選擇停留久一點，這樣的意思你了解嗎？

祢們是說，如果想提昇的人都有機會可以提昇，除非他還想在這第三次元的地球停留久一點？

想提昇的人都可以學習到方法，只要他願意。

那對於世界上很多國家的人無法收到這些資訊的呢？

我知道你指哪些人。對很多人而言提昇到第五次元不是一世就可以的，他們可能再反覆來到第三次元的地球幾次。

也就是說，未來這些提昇的資訊會傳播到整個世界，而很多人可能在那一世、那時候才會提昇？

是的，但也不是每一個人。因為有些靈魂在幾世之後，意識進展也還不到那程度。而有些靈魂即使沒收到這些資訊，但已經可以提昇了。

如果說，我們在未來幾百年或幾千年把整個地球搞毀了，人類全部滅亡。那這些靈魂永遠無法提昇囉？

他們會投生到別的星球，繼續他們的靈魂旅程呀！

祢們這一番談話好像又顛覆了我的認知，我可是「與神對話」系列的忠實書迷，祢們講的與老神講的好像不太一樣。

所以說你必須再去好好重新讀過老神的訊息，等你將我們傳遞的這一本書看完，老神要表達的很多深意你就會更清楚了。

那可以講因果業力嗎？

眾生總是在不知不覺間就為自己造下許多業力，自己卻渾然不知。有時他們是故意為惡，有時確非故意的，但都可能會造成因果業力。這樣的事件層出不窮，從你們成為較高意識的存在體之後，如果你們要說在你們成為「人」之後也可以。

我們在身為動物時期不會有因果嗎？

「動物」只是依照自己的本能去做牠們想做的事，牠們不會判斷是非善惡。而就算動物被獵食，牠們對獵食者也沒有怨恨，牠們可能只有在死前有短暫的恐懼。牠們也沒什麼煩惱，但他們有快樂與悲傷。只是牠們的恐

懼、悲傷、快樂都會很快過去，所以這些不會造成任何因果。

可是動物也會有「恨」的情緒吧！我知道有些狗被打之後，會對打牠的人產生恨意，而且還會記恨。

動物本來是沒有這「恨」的情緒。比如說一隻小羚羊被一頭獅子獵食，母羚羊不會對獅子有恨意，因為牠不知道「恨」，牠知道這是大自然必然會發生的事情，但是牠會悲傷。

對一隻生活在你們人類族群裡的動物，比如說「狗」。相對於你們地球上許多動物而言，「狗」這種動物已經有足夠高的意識，牠們與人類相處時也會學習，牠們也會觀察人類的一舉一動。當牠們知道人類為了沒有必要的理由去傷害牠們時，牠們也開始學會了「恨」。但這「恨」的情緒不會影響牠的靈魂，當這隻狗死亡之後，牠的靈魂不會再去計較這些事了。

聽起來動物的意識與胸襟好像比我們人類高。

不是這樣，牠們是因為意識還不夠高，所以無法很深刻的展現所有的情緒。

因為動物不會記得這些不愉快的過去、不會記恨，所以牠們不會造成因果業力？

是的。因為動物的心念無善無惡，牠們不管做什麼就是很自然很單純地憑本能去做，所以牠們彼此間不會有因果對待。不會因為貓抓了老鼠，所以之後的因果，讓那隻貓投生成老鼠而被貓抓。動物不會這樣的，因為牠們的心念還是很天真很單純。

所以你問「動物」會不會造因果業力？我只能告訴你，依你們目前地球的動物而言 --- 不會。

我這裡指的「動物」是指地球的動物而言，是指比你們意識低的動物而言。我說過了從「動物意識」進化到「人的意識」還有一段距離，這中間的存在體，目前不在你們星球。

你們地球目前沒有任何動物靈魂，可以下一世就直接投胎到人類的肉體內。所以你們如果認為你們家的某個人，可能是你們之前養的狗來投生的，那是不可能的。但是某些靈體的確可以附著在動物上，但這算是附身不是投生，而這附身狀態也只能是短暫的。

因為你們人的靈魂已經超越了動物的意識很久了，你們不可能再回到動物的狀態，所以我不再講關於動物的問題，可以嗎？

好的。

『我現在開始用第三次元的人類視角來講因果業力。這

對你們而言是事實，但不是真相。因為我目前講真相你們無法理解，且對你們第三次元的人類靈魂提昇幫助也不大，但未來有一天你們會看見真相。』

我先定義「因果業力」，因果業力是過去世你曾經種下什麼因，之後就會結什麼果。你做了好事就會結善果，做壞事就會結惡果，而這些善惡之果就是你的業力之報，你們通常稱為「業報」。我舉個例子：

比如說一個人名字叫「A」，在過去世他曾經因為貧窮而難以生存的情況，搶奪一個人名叫做「B」的財務。B因為A的搶奪，造成他日後時時的恐懼，深恐又會被人搶奪財務或是殺害，這樣的強烈恐懼情緒如果一直存在，則會帶到之後未來的另一世去。

B在之後的某些世常會感到不安，也不知為何就是有一種不安全感。他每天總得把門窗鎖緊，深恐有人惡意侵入他的住家，儘管他住的地區治安非常良好。他出門在外也小心翼翼的提防每一個人。

除非某個時候B的恐懼不安情緒能量被移除了，B才會感覺到安全感，他才會瞭解莫名的恐懼是不必要的，但有時必須經過好幾世，B才能再度感到平安。只因為這一個事件，就可能造成B多世的心理情緒負擔。

再說A，因為A在生活貧困難以生存的情況下，搶奪一個與他不相關的人B的財務，造成B多世的不安恐懼情緒。

就上帝的「因果法則」而言，即使A是因為生存因素才這樣做，但A已經傷害了B。這就是A所種的因，將來A也必須承受同樣的惡果，所以在之後的某一世或是很多世，A必定會為這一件事承受業報。

那麼B不就白白受苦？因為就算A受到業報，然而對B還是沒啥好處呀。

A除了接受因果業報之外，A還必須償還B，至於用什麼方式償還，自然有一定法則。你們中國人習慣說一個名詞叫做「冤親債主」，而B這時就是A的債主了。

如果兩人都已經經過好幾世的輪迴，可能早已經在不同星球或空間了，那如何還呢？

因果業力法則是極度複雜的。眾生在某一世與某些人的糾葛，再到另外一世與另外他人的邂逅。每一個較深刻的糾葛、邂逅，靈魂之間就會有產生一條條的能量線互相連結，交織成一張張能量網。億兆的眾生就交織著更多億兆的複雜能量網。儘管如此複雜，因果業力法則卻仍不會有任何偏差。上帝就是有如此不可思議的智慧！這些因果業力法則，你們甚至提昇到第五、六次元也無法詳細清楚。

我簡單的說好了，因為上帝的因果業力法則，所以A與B終究會再度相遇，可能是他們會投生在同一空間、時間，或是兩人都在靈魂狀態，或是一人在肉體一人在靈

魂狀態。

因為A過去曾經搶奪B的財務事件，假如A已經遭受過業力之報，A必定親身嚐過那一種不安與恐懼了。這一業報不一定說A一定會遭到搶劫，而也可能轉換成其它種結果。但是A所承受的一定是比B之前承受的要更多。這時A可以說已經為他過去所做的事遭受業力之報了。

由於A與B可能已經經過了數千或甚至數萬年之後再度相逢。當A與B再度在同一個空間、時間點都投生為肉體，那麼這一世當A與B再次在「人間」相遇，他們仍可能會擦出一些火花。

就這一事件而言，他們再度以肉體重逢時，B可能會對A沒有好感，或是A對B非常的好，但也不一定是這樣。或許這一世A與B成為親友所以感情特別的好；或許這一世兩人是手足卻彼此看不順眼；或許兩人根本不認識而在一個場合裡A幫助了B；或是在一個陌生場合裡B的行為困擾了A。或許………有太多太多的可能性了。

因為兩個靈魂再次交集之前，他們已經各自經過許多體驗與學習，所以用什麼樣的態度去對待彼此，這不能一概而論。

如果就關係而言，一個事件的因素，會造成兩人的關係在未來呈現很多種不同的結果。在此就不一一列舉。如果從目前兩人的關係結果裡去找出過去世的因，也可能

找出很多世、很多項。

而因為B曾經是受害者，所以上帝會安排讓A能有機會與B再次互動。而這樣的交集方式，可能不只是一世，也許是經過很多世，直到上帝覺得這兩個或其中一個靈魂已經學夠了。

不是說過去世A搶奪B，所以未來世可能換成B搶奪A嗎？

不一定會這樣，但也有可能是這樣。總之A因為業力使然，一定會遭受到B被搶奪所產生的痛苦，但不一定是藉由B來進行。

如果兩者都在靈體狀態呢？

如果A與B兩個都處於靈體狀態。因為過去世的這一事件，B如果對A還有憤怒的情緒，則A通常會被一條有著憤怒的能量線糾纏著，而A的靈體就會感覺不舒服。因為A畢竟是有愧於B的，除非A還完他的債，不然A就會一直感覺一個沉重的能量在他身上。而除非B得到相當的報償，或是看到A遭受同等的痛苦而釋懷了，或是B選擇了原諒A，這一條連結的負面能量線才會移除。

能量線有正面的、好的能量線嗎？

嗯，如果你以愛思念著某一個人，對方的靈魂就會接收到一條有愛的能量線與他連結。

如果A因為一直被B用憤怒能量線連結著而感到不舒服，而A反倒對B又心生怨恨心，那是否A又會連結一條負面能量線到B身上？

一條負面能量線所連結的兩個靈魂，都會感受到這負面能量，而產生不舒服的狀況。所以A靈魂不會輕易地，去用負能量連結到別人身上。而A在靈魂狀態，他也知道因為對B有虧欠，所以導致B對他有憤怒。A會做的是儘量讓B能原諒他，而不是再製造彼此更多的對立。

在靈魂狀態，似乎與我們活著時的想法不太一樣。

是的！因為對於身為肉體的你們而言，怎樣學習都是很少超過一百年，但是你們的靈魂有的已經學習好幾萬年了。

所以當我們再度離開肉體回到靈魂狀態，應該會比現在有更多的聰明與智慧。

你們的靈魂的確是有更高的智商與智慧。但是當你們從肉體離開後，往往有很強烈的執著心，很多靈魂會執著在今生的人、事、物上。這些靈魂剛開始離開肉體時，還是會用他在肉身時慣有的方式思考，並且把所有心思都放在今生。甚至有些意識還不是很高的靈魂，在離開肉體之後，反而看起來會是有些呆滯。這些靈魂必須經過一段時間之後才會「清醒」過來。

靈魂在離開肉體後，不是馬上憶起所有過去世？

靈魂終將憶起所有過去世，但並非一離開肉體之後就馬上憶起。

那麼會不會靈魂還沒清醒，還沒憶起過去世的事情之前又去投胎了？

這是經常有的。

那在兩人都是靈體時A如何還B？

A可以請求B寬恕。如果不被允許，A只能等待上帝的因果安排囉。

如果B決定寬恕A呢？

那B連結到A的負面能量線就會消失。

還有一個狀況，當一個是靈體一個是肉體呢？

如果A是靈體，B是肉體。兩者在某個時空相遇了，而A知道自己有虧欠於B，那麼A可能會以靈魂的狀態去協助肉體B。但這樣的情況較少，因為A的靈魂能量頻率如果不夠高，則反而會造成B肉體不舒服。

如果A是肉體，B是靈體。兩者在某個時空相遇了，最有可能的狀況就是B會以靈體的狀態糾纏著A的肉體。而A通常在不知情的狀況下，經常莫名的感到情緒煩躁或低

落。而也許B也會讓A做了誤判，造成金錢損失。總之B會造成A人生旅程上許多困難，直到B覺得夠了。當然B也會盡量遵照上帝的「因果法則」不要太超過。

這就是你們台灣民間所講的「冤親債主」纏身。這樣懂了嗎？

嗯，我知道了！這雖然是很複雜，但祢用這樣簡易的說法倒是很清楚。

這當然只是千億萬個例子之一。

在我的成長過程裡，我有接觸過這些被所謂「冤親債主」纏身的人。我知道社會上有些通靈者聲稱能幫人解決冤親債主的問題，只要對方生活上遇到困難或不如意，就說對方「冤親債主」纏身，甚至以此斂財。

以上例子，A的業報絕對不是1：1，而是會多得多，這就是上帝的業力法則。

如果有以此胡言亂語蠱惑他人，甚至斂財的人，到後來承受的業力是多很多。不要因為一世的金錢享樂，造成長久的痛苦。

你們不管做什麼事皆得三思啊！

那菩薩能教我們如何自己解決冤親債主這些問題嗎？

之前的例子就是要告訴你們,「冤親債主」以你們第三次元的人類視角來看是存在的。他們的來臨也不一定是發生在你人生什麼時候。但是他們對你們的影響有時是很大的,不管身體、工作、人際關係、情緒、意外、疾病、住宅……等,都有可能造成影響。這不是要你們產生恐懼,而是要你們學習如何處理這些事件。在後面章節我會告訴你們怎麼做!

依照我的認知,許多人莫名其妙地就突然生重病,或一些疾病怎麼醫都醫不好,或是有人嚴重憂鬱症甚至精神呈現失常,或有人發生莫名的車禍,或有人工作運一直都不順利。這都有可能是靈界的「冤親債主」找上門的吧?

有可能是,但也可能有其它因素,看了才知道。

如果有些人做了不好的行為,但是沒有傷害到人,或是說他們在生前已經用法律解決了,這樣的因果業力如何?

這樣說好了。有人因為做了對他人有傷害的事,如果這一件事用你們人間的法律擺平了,雙方都覺得可以了,那麼兩者就沒有任何虧欠問題。但是這一位傷人者不管怎樣仍是造了業力。因為他的不好的念頭以及行為,他還是得承受業報。而這業報在某一個時間點、空間點就會呈現。

如果有人做了某些不適當的事,但是對他人沒有傷害,或是大部分的人不知道。比如說,某人將垃圾偷偷倒入

河流中，他認為只是少量垃圾，對整個廣大的河川不會造成大的影響，而整個事件也沒有人知道。這樣的事件，他不會有債權人向他討債，但是他的不好的念頭以及行為，還是製造了業力，他還是得依上帝法則得到好幾倍的業報。

為惡如此，為善亦如此。

如果兩人互相搶奪，沒有誰是誰非，只是一方受重傷一方輕傷，這樣的話呢？

如果兩人或是多人在某一世裡，彼此產生仇恨。比如是不同兩個家族之間的仇恨，一次牽涉到很多人。這樣的仇恨不是用誰受重、輕傷來論的，而是看彼此的心念。有人視對方為仇人恨之入骨，有人卻沒那麼大的仇恨，這心念也許會導致他們想傷害對方的行為，念頭、行為所產生的就成了「業力」。

至於誰欠誰，有時是很多世的糾葛。到底誰欠誰多已經難以計算，但這時上帝的因果業力法則還是有辦法應付的。就是這些人之中的某些人，在某一個時間、空間點再次的彼此成為親人、朋友或仇人，只是成員重新洗牌。過去世也許你恨之入骨的仇家，這一回卻跟你站在同一陣線聯盟。過去世也許你恨之入骨的人，某一世你卻為了愛他而自殺殉情。

這樣真的很複雜，這一場鬧劇要玩多久呢？可能還不只

一場，因為畢竟我們已經經歷太多太多世了。

的確是沒完沒了的鬧劇，一世接一世，一場接一場。有時與你演戲的是某一A組成員，有時又是另一B組成員，有時兩組或更多組隨意交錯。而通常每一場裡都會有很多新加入的角色。這就是你們很多人還一直在學習的「關係」課題，這就是「因果業力」課題。

要從「關係」課題畢業其實很簡單，只要你學會了「寬恕」與「愛」。唯有「寬恕與愛」，你才能從這一場不想參與的鬧劇中解脫，或是讓這一場鬧劇變成喜劇。當你之後的每一世都用「寬恕與愛」去對待你身邊的人，你就可以從這些鬧劇中跳出了。你也算是從關係課題畢業了。

這樣以後就遇不到這些人了嗎？

從鬧劇中跳出並不是說你們永遠不會再相遇。而是再相遇時彼此已沒有怨恨了，甚至是彼此給予愛。

當你們彼此有愛時，你們誰也不虧欠誰了。或說你們靈魂彼此的對待只有感恩，而沒有仇恨了。

這樣你覺得好嗎？

我希望沒仇也沒恩。就是恩仇俱泯彼此都不相欠，但靈魂彼此能成為很好的朋友，這樣最好。

ya! 的確這樣是最好的。

彼此都不相欠了，那因果業力呢？

如果都不相欠，那就不會有還債的必要啦！但是曾經造過的業力還是要承受的，只是不用全部承受了。

為何？

因為你的愛的心念，你的寬恕的心念，讓你的業力已經消去許多了。

哇！這麼說，業力也可以消除？我指的「業力」是說，曾經有過的「惡念、惡行」。

是的！我知道你們指的「業力」通常是說對你們有不好的影響方面。

所以我以上指的業力也是說對你們有不好影響的方面。但你要知道，因果業力也有好的，好的業力你們通常稱為「福報」，是吧！那我會將好的業力講成「福報」這樣好嗎？

好。

業力的確可以消除，用「善念、善言、善行」就可以了。在提昇那一章節我會講更多。

祢們曾告訴過我，關於我的過去世的一些事情。也讓我知道某一個過去世，我曾發生過非常悲慘的事情，造成嚴重的靈魂心理創傷。就算已經過了數千年，當我肉體死亡後，靈魂再度回憶起這事件，我的創傷又爆發了。關於這一話題可以詳述嗎？

我們且不說整個事件是如何。你們能相信過去世的存在，這樣是很好的。而過去世也真的存在，你們都已經體驗過數百世，甚至是數千世。你們遊歷過許多星球，你們的靈魂也算是星際旅行者，只是在無選擇性的狀態下，投生到不同的星球。

當你們在這蓋亞時，你們會對其它星球產生好奇。同樣的，你們也曾經居住在與蓋亞完全不同面貌的星球。

在不同的星球，你們有著不同的靈魂體驗。那些曾經是你的家人或親友的靈魂，目前有些已經提昇到第五次元，或是提昇到更高的第六次元空間。當他們憶起你們曾經是他們過去的親人，過去的朋友，他們多少會迫不急待地想趕快來幫助你。幫助你更快的提昇到第五次元，與他們再度相會。這些可說是你曾經的星際家族，這些曾經與你們一起在別的星球度過美好時光的靈體，是如此的愛你們。他們目前許多人還是分佈在第五或第六次元空間的不同星球上，他們正在等你們提昇，等著歡慶與你們再次重逢，而這不會太久了。

對已經提升到第五次元以上的靈體來說，協助你們不一

定得投生在你們的星球。他們某些人是以指導靈的姿態來協助你們。他們給予你們愛，盡力協助你們所需。但是「因果業力」還是得要你們自己去承受，這是他們無法幫你們承擔的。

你(Sikila)過去的事件，那一段極度悲傷的記憶，讓你的靈魂還困在悔恨裡。這一事件讓你更高次元的親友們，為你可說是哭得肝腸寸斷啊！因為這一事件不能完全算是你的錯，但你為何要背負這一個愧疚與悔恨繼續讓你的靈魂受苦？儘管你有那麼多的善念，也曾經為很多人做過許多好事，但是你一直回到那一段你認為不堪的過去。經常你的靈魂脫離肉體後，你又回憶起，然後又再度陷入那一個悲痛的情境中，一次又一次……，你就這樣一直陷在地獄裡。

許許多多的人給你那麼多的愛，那麼多的愛……。

你這一事件造成的因果早已還清，你的業力早已撫平，但你還是一直一直無法原諒自己，一直一直愧疚。

親愛的孩子，這創傷早該被治癒，這事件該放手了！

我..........真的是這樣嗎？

不僅你這樣，很多靈魂都是這樣。所謂「在地獄裡的靈魂」通常都是惡人，或是充滿愧疚、充滿恐懼、悲傷的靈魂。

沒有一個地方叫做地獄，上帝也沒有特別設立一個專門懲罰靈魂的地方。

惡人死後的靈魂之所以會如身在地獄，是因為他對不起太多的人，太多人的負能量糾纏著他，使他感覺痛苦。

而那些充滿愧疚、悲傷或恐懼的靈魂，則是一再的回到當時的情境，那就如身在地獄一般。你懂嗎？

我們視你們的輪迴為一種體驗，但我們卻不想看見你離開肉體後的靈魂一直處於痛苦。對你們所有人都是。

如何能結束？該怎麼做？

不要再製造惡的業力了！不要習慣的再去回憶任何讓你悲傷或恐懼、愧疚的事。

對於已經發生的任何事件，不要再重複的自責，不要一再地悲傷，因為於事無補。

釋放恐懼的能量。

釋放愧疚的能量。

釋放悲傷的能量。

釋放所有所有……負面的能量。

目前你們要學的太多太多了。首先：

放下你們的傲慢。

放下你們的偏見。

放下你們的自以為是。

開放你們的心胸。

許多愛傳進了蓋亞，同樣的你們也籠罩在這愛的能量場中。這些帶著光與愛的上師們，不斷的傳送愛的能量進入地球，更傳授人類許多知識、課程協助你們快速提昇。然而，當人類學習這些知識、課程之後，卻認為自己已經俱足了。殊不知這只是個起頭，你們還有很多很多要學習的。除了學習提昇之外，釋放累世負面能量與因果業力是你們一直要做的，從現在到未來。

『我是觀音菩薩，因為愛、慈悲、願力，我又再來。』

在這一整章裡，觀音菩薩祢們藉由我的身體訴說因果業力。祢們時而閉目若有所思，時而搖頭輕嘆，祢們的種種表情、情緒由我的身體發出，我似乎感應到了。我想我真的體會了觀音菩薩的慈悲。

哈，還早還早，你對菩薩的慈悲還無法真正領會。一個

到達菩薩境界的靈體，是你們無法想像的。

我會虛心受教的。

過去世很多因果都是我們無法得知的，如果我們能有過去世記憶的話，不就可以減少再造業力？

如果過去世的事情你都能憶起，那就很糟了。只說你的人際關係好了，父母、親友、夫妻、小孩重新混合大洗牌。這世你的小孩可能過去世是你的丈夫，那樣你不覺得挺奇怪的嗎？而且就算你能憶起，也無助於你們的靈魂提昇與學習。你們只要不再有惡念、惡言、惡行，造惡業的機率就降低了。難道因為你們沒有過去世的記憶，就可以胡作非為嗎？

過去世的因果關係到底與今生哪些人對應我們也不知道。這樣如果我虧欠對方，要怎樣還呢？祢們能不能多說些因果。

你們有些通靈者，可以收到前世因果的訊息。如果你想要知道，你跟某個人的關係為何如此的糟或是如此的好，而求助他們，我認為是不必要的。因為他們就算告訴你，你們過去某一世彼此的因果關係，那也幫助不大。重要的是你要用什麼心態，去對待你周遭的每一個人才是重點，這也才是根本的解決之道。

而且因果講不完，每個人、每一世、每個事件都不一

樣，有些事情也並不是因果關係造成的，不要對號入座。與其將時間花在探索自己過去世因果，甚至是去探索別人的因果，不如用來提昇自己會更好。

我知道祢們的意思了，祢們一再的提到，不要把時間浪費在我們看不到的無形界上。因為對我們目前沒有幫助，而且將來我們終究都會了解這些事情。現在身為人的時間，應該好好把握。

我提一點，如果我們也不要去探索外星人、發展太空計畫，那麼以後地球無法居住，我們怎麼移居到外星球呢？

如果只針對蓋亞而言，你們是本末倒置。你們花大錢去發展太空計畫，發展戰爭武器，但卻對你們的世界許多問題置之不顧。目前你們的世界上每天都有兒童因為飢餓而死亡，因為某些早已經有藥物醫治的疾病而死亡，有人甚至還因為內戰而顛沛流離。你們世界上號稱文明、開發的國家，絕對有能力可以資助這些人。甚至只靠你們台灣人的捐款，就可以協助很多人免於餓死了。

如果你們可以好好解決地球環境問題，地球就可以為你們人類保存更久，你們根本不需要移民到外星球。

如果你們集體意識提高，每個人都有足夠的愛，你們每個人能「人飢己飢、人溺己溺」，杜絕世界上的饑荒，杜絕戰亂。那麼外星人絕對樂於現身，協助你們發展太空計畫。

祢們是說，因為我們地球人目前的集體意識還不夠高，我們的愛心還不夠。如果有一天我們地球不再有饑荒、每個人都享有醫療、也不再有戰爭，世界變得非常美好時！外星人會主動幫助我們發展太空計畫，根本不需要我們浪費心力？

是的！外星人已經為你們做了許多事。他們早在許多隕石到達地球之前幾年，就已經算出隕石的路徑，並且為你們改變了隕石的路徑。你們不覺得為何你們這麼幸運，會造成大破壞性的隕石似乎都不會經過地球？

那我們還繼續因果業力的話題嗎？

不了，以後有機會跟眾生面對面的時候再講了。

祢是說祢們願意跟眾人面對面講話嗎？

協助更多的人快速提昇，這不是你一直想做的嗎？但也需藉由你，你願意嗎？

面對眾人……，這我得想想囉。

哈哈…。

五、生活中的問題

【觀音語錄】

到達彼岸，只需一念。

捨越多，得越多。

人先能尊重自己，才會懂得尊重他人。
人先能愛自己，才會懂得愛他人。

五、生活中的問題

這一章節，我要請菩薩為我們解說幾個，關於我們生活上的一些問題。這其中的對話，談到包括個人與金錢、個人與工作、親子關係、婆媳關係、外遇、健康與情緒、素食葷食、殺生、基因改造、靈魂光體、自體療癒、自殺......。

我知道我要問的問題，在市面上有很多針對這些問題而寫的書。我最愛的「與神對話」系列，書中也有提到關於這些問題。不過我還是想聽聽觀音菩薩的見解，所以還是請祂們用淺顯、易懂的話語來說明。

以下的問題是我綜合我周遭的人，或社會上所發生的一些問題來問的。

問題一：我如何扭轉我的人生？如果我不喜歡我這一生的樣子，我不喜歡現在的我，我不喜歡目前的工作，我甚至不知道我喜歡什麼。

要扭轉你的人生，首先我們先來看看，你對你的人生的定義為何？

你定義你不喜歡你的人生，你定義你不喜歡自己，你定義你不喜歡你的工作，甚至你定義你不知道你喜歡什

麼。就只從字面上來看，你最根本的就是不愛你自己。

如果一個無法愛自己的人，更不用說他會喜歡身邊的一切了。就算他說他喜歡某一個人，也不代表他真的喜歡。他的「喜歡」只是定義：「如果有你跟我在一起，我會更喜愛我自己，我會認為自己更完整。」

如果你真正深入地去看自己，你看看你對自己做了什麼？你的言語中，是否常為自己感到驕傲，還是經常對自己用否定的語句？你再想想，你對你認識的人的描述，你總是讚美他人，還是批評比較多？

一個經常否定自己、不愛自己的人，他通常也是常批評別人。

* * * * * * * * *

要扭轉人生，首先你必須先學會用正確的態度看你自己、愛你自己。我要你真心的去想以下的問題，用紙寫下來：

1.你認為自己的優點是什麼？
2.你的親友、同事或周遭的人眼中，你的優點是什麼？
3.當你希望別人用什麼樣的眼光看你時，你是否也用同樣的眼光看自己？（比如你要別人尊重你，那你是否先尊重自己？）
4.你最想要的自己是什麼樣子？你想要有哪些特質？

（真誠的寫）

然後我要你去欣賞你自己的優點。
我要你每天不斷的告訴自己：「我珍惜我自己的價值，我值得被愛。」

我還要你仔細、認真地，看看你所寫下來你最想要的樣子，與你想要的特質。哪些是你可以達到的？哪些是你需要努力才能達到的？

然後就去做讓自己能展現那些特質的事，就算是假裝的也行，只要你願意去做、努力去做。並且每天不斷告訴自己：「我是一個_____的人，我擁有_____的特質。」

＊＊＊＊＊＊＊＊＊＊

再來，我要告訴你的是：「你不需要活在別人的眼光下，你不需要藉由別人來定義你。你是獨特的、你是自由的。唯一你要的定義，就是你自己對自己的定義。而且神永遠愛你。」

當你了解我所說的，當你學會愛你自己、肯定自己，而且了解你永遠是被神所愛的，你就會感覺到前所未有的平靜。當你時刻處於平靜中，一股喜悅的感覺就從心中出來了。那時你會用新的眼光看你的人生。

問題二：我要怎樣才能擺脫金錢的壓力？為何我一生中都不能隨心所欲的花用金錢？我看過「秘密」那一本書，也看過有關創造財富的書。書中都說只要大膽要求，宇宙都會給我，我已經做了這些事，但為何我還是被金錢壓得喘不過氣來？這是因為我上輩子的業力嗎？

首先，我們先來看看為何你會「沒錢」。

剛開始當你有一筆收入時，你首先會拿一些給你的家人，這是沒問題的。之後你把你的錢分了一部分用在你的日常生活上，一部分你存了起來，這時都算是還不錯。

接下來你將你多年的存款買了一支算很不錯的手機，有時也會拿存款為自己添購一些衣物，之後隨著你的存款越來越多時，你的額外費用也越來越多。你買的東西價位等級越來越高，你越常出入一些高檔餐廳消費，你甚至不再拒絕一些你其實不是很想去的聚會。當你的手機一支換過一支，你告訴自己那不算貴，很多人都用比你更高檔的手機。你的電話費用不知不覺地增加。但你的收入沒有在增加。

之後，你想要讓自己放鬆，你為自己做個旅遊計畫，這是不錯的點子。但是你發覺你的存款已經不夠多了，你非常高興你有張信用卡還可以辦免利息旅遊分期，你覺得你一定繳得起。這下子，你每個月又得多繳一筆費用，持續將近兩年。

之後……，且說更多的人好了。

有人至此丟了工作，開始繳不起電話費、信用卡費。

有人把剩下的存款拿去買股票，……在失利的狀況下，錢又更少了。

有人突然發生一個小意外，可能生病了，可能車壞了，又是損失一筆費用。

有人可能親友需要錢，自己所剩不多又借給他人……。

更有人可能去銀行借一筆款項，用來投資或是與他人合夥事業，但失敗了。

種種例子，不勝枚舉。

這樣，你憶起你的存款從什麼時候開始變少的嗎？當你用錢時，你總是想到目前，而沒有計畫未來。你認為你目前應該可以負擔，你也直接認定未來你可以負擔。但未來的不定數太多了，許多人就是這樣為自己帶來金錢壓力。

我知道，你們會說：「讓我這一次把該還的債都還完，我就不會再犯如此的錯誤了。」

你們不覺得這是一個很好的體驗嗎？如果你在此已經學

會對你人生選擇的每一步負責，將來你也許就不會有大的損失了。

你的例子還好，而你也很幸運的身在台灣，在這裡你可以有工作機會。如果你的負債不是很多的話，讓自己多盡一點額外的努力是必須的。

如果你已經負債很多的話，你還是有機會的，只要你真心的想要還完你的債務，而這意圖非常非常強烈。這在後面的「創造」章節我會講多一點。

關於你所講的 --- 宇宙會提供給你所想要的一切，這是對的！你這裡講的宇宙，其實應該說是「一切創造源頭」更貼切，這裡我也用「宇宙」或是「上帝」這兩個名稱來代替好了。

「秘密」這一本在你們世界很暢銷的書，事實上它是一本與靈性有關的書。只是它寫得非常淺白，有部分內容所說的，實際上完全不是那麼一回事。但對一個全然不懂宇宙創造法則的人而言，倒可以看看。

你說你一直在實行宇宙創造法則，但是你整天一直喊沒錢、缺錢，你心裡一直煩惱著下一張信用卡帳單不知怎麼繳。你這樣一邊相信你會很有錢，一邊又做出完全相反的行為。這等於你一下子向上帝宣告說你很有錢，然後轉個身又說你其實很窮，你到底要上帝為你做什麼呢？

你們每個人都有創造能力。你能重新創造自己的人生，你能創造你要的足夠的金錢，重點是你是否學對了方法。你用錯了方法當然就是如你現在的樣子，一籌莫展。

再來說你問的最後一句：「這是因為我上輩子的業力嗎？」。在本書前面一章，我們已經提過了 --- 對於因果業力不要「對號入座」。本來不是因果業力造成的，你何必自我設限。就算是因果業力造成的，因果業力也是可以消除的，命運也是可以改變的呀。

我們不樂見你們用「宿命論」來看你們的人生，我們較喜歡你們用「創造論」。

這裡先這樣回答這一個問題，可以嗎？

問題三：談談關係問題好了。講男女感情問題、婚姻問題好嗎？

這個問題說來話長，你們去參照「與神對話」國外版或是台灣版好了，老神已經講很多了。

我這還是第一次，遇到上師叫讀者參考別的上師的書。

習慣就好。

祂講得那麼辛苦，就不要搶祂的風采了，不過說真的祂講得實在太好了！

問題四：人際關係還有很多種，祢們可以發表一些意見嗎？

ya！就所有關係而言，你只先要記得幾句話：「你就是你，你是一個獨立的個體，你是自由的、獨特的存在體，你不需依靠任何人的眼光過活，你只要認知只有你可以定義你自己。」

這句話怎麼感覺很熟……像在哪兒聽過？
這樣太混啦！只把之前問題中的整段話，重新排列組合再講一次而已。

唉呀！真是糟糕，又被發現了！

但是我講的都是真的，我來解釋好了。這一整段話是之前回答第壹個問題時說的，主要是告訴你：「你的人生價值是你自己定義的，當你學會愛自己時，你就會尊重你的人生價值。如果你不愛自己，不尊重自己的人生價值時，那麼你就較不容易愛別人與尊重別人，許多關係上的處理對你而言就經常會是個問題。」

我再舉例說明：
就說你們台灣早期大多數人會發生的「婆媳問題」好了。這應該不只是台灣，在整個東亞這問題一直存在著。這發生的最主要原因在於女權一直被壓抑，而且你們的女性也習慣於如此認知。甚至中國古代男性還定出「三從四德」的規矩，當他們在家時遵從父母的決定，婚後聽從丈夫的，丈夫死後她還得聽從兒子。由於這樣

的普遍認知，女性的地位可說是完全處於極劣勢，唯一她能有權的恐怕只有對女兒以及媳婦了。

女性的地位一旦長久被壓抑，她們極大的受難心態就會一直存在著，她們會認為她們就是來受苦受難的角色。她們自己看輕自己，甚至也看輕其她女性，當她們無法愛自己、尊重自己時，她們自然也就難以疼愛、尊重一個外來的媳婦，而媳婦當然就成了更大的受害者。

而這似乎變成了一個慣性，媳婦在極大的受難壓抑下，等她又成了別人的婆婆時，又產生另一齣鬧劇。

所幸的是，近幾十年來，你們台灣這種現象已經逐漸降低，女權高漲的情況下，有些女性相對的覺醒，她們不再否認女性，甚至尊重女性。所以你們的婆媳問題，應該在未來幾十年後就不是什麼重大問題了。

對於目前還處於這問題的人而言。如果婆媳對彼此無法展現出愛與尊重，最好的方式就是分開居住。你們靈魂都是獨立的個體，彼此就不應該受到羈絆，你們每個人都有追求美好人生的權利，既然婆媳難以在同一個屋簷下相處，給彼此有更好的生活品質，這不是更好嗎？婆媳問題這課題，不僅是婆媳之間的問題，更是丈夫該學會的課題。

沒完成這課題，將來還是得繼續。最好的是彼此之間不再有任何負面的情緒，如果有的話也要學習釋放以及寬恕。

問題的解決方式我已經提供給你們了，要怎麼做該怎麼做，只能你們自己去實行了。

再來講一般的關係。
比如說，你覺得在某一個職場裡，某些同事或是上司，對你老是看不順眼。這時我希望你先去檢視自己，你除了檢視自己是否對自己有「足夠」的愛與尊重，再來就是檢視你對他人是否也有「足夠」的愛、有「足夠」的尊重。

如果你的答案是肯定的，那你應該不會太在意別人對你的看法。如果你認為你已經做到足夠愛己、愛人、尊重他人，你就自然散發一種氣質出來，有這氣質的人很少會去得罪別人，或是被別人得罪。當然如果你是在職場，你的工作態度、效率也該考慮進去。如果你認為你都已經做得很好了，但還是有人對你有特別成見。這時你只要了解 --- 「你就是你，你是一個獨立的個體，你是自由的、獨特的存在體，你不需依靠任何人的眼光過活，你只要認知只有你可以定義你自己。」

如果你的答案是否定的，那麼首先你必須先去改變自己。否則不管你到哪裡，你都會覺得別人對你有成見，或是看你不順眼。

「一個經常會去抱怨、批判他人的人，首先要做的應該是先檢視自己。」

再來講「親子關係」。

你們人類對於「父母與孩子」的關係，一直存在著一個錯誤觀念就是 --- 你們是孩子的擁有者。你們認為這孩子是你們所生的，你們就擁有這個孩子，你們就對他有主宰權。事實上除了這孩子的肉體是你們培育出來之外，這孩子的靈魂不屬於任何人的。每個靈魂都是上帝的一部分，都是自由獨立的個體。

如果說這孩子此生與你們有特別的緣份，這也許是真的。但這孩子的靈魂來到這世間，最重要的是為了自己的體驗、學習與進化。父母的角色除了是來引導與照顧這孩子，重要的是父母也是來體驗、學習當父母的角色。如果你們在過去世或是這一世是不及格的父母，那麼你們在未來就必須重複來修習「父母」學分。

雖然父母與孩子，此生可能是如此的親密，有些父母對孩子的愛更是超越一切人間的愛。但是你們要知道，此生的相遇並非是永久的。在靈魂離開肉體之後，你們再相遇有可能已經是百年、千年甚至萬年之後了，當你們再相遇也可能是以另外一種關係存在。這是要告訴你們，靈魂是獨自進化的，你們為父母者不需要把你們所有的時間、精神完全花在小孩身上。你們也有權利讓自己過得更好，但是盡到做父母的責任也是必須的。

儘管你們視孩子為你們的，你們可能想盡一切把你們認

為最好的，比如金錢、物質享受、高等教育機會……，強迫給他。但通常這都不是他的靈魂進展所想要的。

父母該做的就是在孩子未能獨立之前，照顧孩子的生活，給予孩子愛。並且在生活上引導他，為他安排你們能力上可以提供給他的人生道途讓他選擇。你們不該強迫他去接受你們的理念，或是強迫他接受你們為他安排的人生道途，而是讓他能選擇，或是讓他有機會能自己開創自己想要的人生旅程。

通常你們總是希望孩子照你們的安排去生活，你們自認為是有經驗的過來人，可以為他規劃最好的人生藍圖。事實上，你是強迫讓你自己的人生藍圖在孩子身上展現。

所以放手吧！當孩子面臨人生路途分叉點的時候，給他建議、為他鼓勵是最重要的，而不是強迫他。父母對孩子除了愛也要尊重，更要學會讓他自由自在的飛翔。

如果每個父母，對於孩子各領域的表現都能給予肯定與鼓勵，而不是讓孩子成為高度學歷競爭下的犧牲品，相信這孩子的人生會有更多的喜悅，更大的創造力。當每個人都能在自己最擅長、最感到愉悅的職場領域工作時，存在於目前你們社會上的很多競爭、很多工作上的情緒壓力就會減少。

而為人父母者，你們也是獨立的靈魂個體。在盡到做父母的責任之後，你們也有權利讓自己有更多的自由，而

非將你們的一生時間都花在於孩子、孫子的生活上。你們台灣許多父母不僅照顧孩子,甚至將照顧孫子也當成自己的責任。含飴弄孫固然喜悅,但是為人子女者,當你們開始為人父母之後,請讓你們的父母有更多機會享受他們的人生。

祢們說「如果一個人不愛自己就無法真正的愛他人」。這一句話適用在父母身上嗎?有些父母可能不愛自己,但是對小孩的愛卻是無條件的付出。

這句話放諸整個宇宙皆是對的!

有些為人父母者,對他的小孩有極度的愛,甚至可以為小孩付出一切,包括自己的生命。但這為人父母者,如果本身不愛自己,那麼其實他對小孩的愛還是有條件的。即使你們所看到的是他可以為小孩犧牲一切,而不求任何回報,而他內心也真的不要求小孩回報。但實際上,你們仍可以輕易地找到一些蛛絲馬跡,關於「有條件的愛」。

有時你可以看到,他可能強加許多過度的「關愛」在小孩身上了。這愛是他自己認為的「愛」,而他會要求小孩迎合他給予的愛。這種愛已經不是一種從容自在,令人完全感到溫暖與喜悅的愛,而可能會是一種令人感到無法喘息,或是感到壓力的愛。

有時她的「不愛自己」會以「愛小孩」來替代作為補

償。她的愛是想從小孩身上看到些什麼，她會希望她想要的結果，在小孩身上呈現。比如她會希望小孩上好的大學、與什麼樣的人結婚，……。這也不是我們所說的真正無條件的愛。

所以為父母者，更應該要學會「愛自己」。

這種情形也很容易從你們許多男性、女性在感情交往時看到。當一個男性或女性，對自己沒有足夠的愛時，但她(或他)表現出來的，是為對方完全的付出以及關愛，甚至是單方面的付出，她(或他)也感覺很快樂，認為只要自己能愛對方就心滿意足了，她(或他)自認為這就是無條件的愛。事實上這很容易看出問題點在哪，而且看起來像是挺危險的關係，不是嗎？

比如說，A不愛自己，但是愛B。那麼A對B的愛，表面看起來似乎是無條件的愛，但實際上絕對不是如此。我可以說A對B的愛，在於A想要B迎合他給予的「所有的愛」。更大的心理成份來說，A想要藉由愛B來填補對自己的不自愛。當B無法接受A的愛時，問題就來了。所以這樣的愛依然是有條件的。

我瞭解了。

問題五：因為台灣離婚率近年來越來越高。想請你們針對婚姻外遇這話題談談好嗎？

好吧！婚姻也是你們的關係課題之一。

你們總是認為離婚的人，特別是遭受「婚姻背叛」的人為受害者。這裡我要你們目前正面對婚姻難題，或是處於離婚狀態的人仔細的去思考。

事實上離婚沒有所謂對與錯。就算一方先外遇，另一方也不該認為自己是受害者，或是認為對方錯了。婚姻外遇其實一開始就有徵兆，如果一方不在婚姻裡珍惜另一方，或是尊重另一方，那麼一段婚姻走到盡頭，也是有可能的。當然，還有很多其它因素。

在發現你的伴侶外遇出軌後，你們一開始總是先去比較。比較你的伴侶的外遇對象，到底有哪些條件比你好。不管比較出來的結果是如何，你們總還是難以接受，而事實上這樣的比較是無意義的。

有時候你們無法接受對方外遇，不是因為你們真的還很愛對方，無法離開對方。事實上很多人覺得與對方相處，已經不再感覺到熱情，也發覺這段婚姻似乎走到了盡頭。但是非得維持住已經淡然的婚姻，很大的理由是愛面子。

認為自己是「被背叛」的那一方，心理上總是有比較多的

悲傷與憤怒。其實他可能也已經厭倦了這段關係，或是認為這段關係可有可無，只是他不甘心被比下去。這樣的心態，通常會讓他失去自信心，甚至感到悲傷、憤怒。

與其說他一直問對方為何要離開我、背叛我？不如說其實他想問的是對方外遇的對象哪裡比我好？不過這樣的答案不管怎樣說，都只會令人聽了更難受。

你們地球絕大部分的人，對婚姻的態度可以說是非常不成熟。但是礙於你們的生理狀況，也就是你們的壽命太短，所以你們必須較早進入婚姻，以便可以順利進行生育小孩。所以你們通常選擇18-30歲，這還心智很年幼的時期進入婚姻，雖然你們近年來全世界結婚年齡都有提高現象。但不管怎樣，這樣的年齡對你們而言，甚至都還無法好好地處理自己的情緒或是生活問題，卻要開始教養小孩，這是很大的負擔。

相對許多星球的人而言，你們的平均壽命的確非常短暫。也因為如此，你們在進入婚姻之前，沒有足夠的時間去經營男女感情世界，沒有足夠時間去了解對方，無法知道是否你們真的適合共同度過一段長時間，以及共同養育小孩。

所以當有些人步入婚姻一段時間之後，她才發覺這段婚姻不是她想要的，或是說這伴侶不是她真正喜歡的。然而有些人因為怕傷害對方，或害怕外人的眼光，更多的人是因為小孩的因素，而繼續留在這一段她不想要繼續

的婚姻裡，就這樣終老一生。你們認為這叫做忠於另一半，你們認為這樣的犧牲是值得鼓勵的嗎？或許你們不該這麼想。

有些人他一生中都是用很輕率的態度去面對他的婚姻，所以他想要離開就離開，想要外遇就外遇，他不會在意對方的感受。如果你的伴侶是這一類型的，那麼既然他如此的不在意你的感受，你又何必一直為他守候。而這樣的人通常他靈魂的關係課題恐怕要重修。

有些人是在婚姻裡數十年之後，終於受不了對方。但因為他們既有的觀念框架，認為婚姻是很神聖的，應該有始有終。儘管這一段婚姻的維持已經不再令人感到歡欣，甚至是令人感到厭煩，但他們還是堅持下去。如果這是在兩人都沒有新對象的情況下，你們維持一個家庭的完整是好的，但是如果這時對方已經有新的對象，那麼我要你們仔細地去用心思考，不要再因為外在的因素去絆住你們。因為你們兩個都是自由的靈魂個體，如果在不傷害彼此情緒的狀況下，結束兩人婚姻狀態，對彼此都好。甚至你們可以繼續下一段戀情。

有些人的婚姻，可能先是一方A發現有另一個人C，比原來的伴侶B，更適合自己。雖然這一個認知有可能是錯的，也有可能這次感覺真的是對了。這時A要求離去，但是B卻無法接受這項理由，B無法接受一個已經共同相處一段長時間，而且已經共同養育小孩的伴侶A有這一心念或行為。所以B通常會用悲情或是小孩來繼續牽絆著這一

段婚姻，這是你們最通常的典型。

這時我要B好好想想，你的人生真的需要A嗎？如果沒有A，你是否就無法繼續你的人生了？

這時我更要A好好思考，新的伴侶真的比B適合你嗎？你對B真的完全沒有愛了嗎？你願意輕易放棄，你已經經營很久的婚姻家庭嗎？你這樣的離去值得嗎？

有時你們不是無法生存下去，而是無法接受對方外遇。你們總認為自己遭受對方背叛、拋棄，或是認為自己可能不夠好，但這樣的理由只會讓自己悲傷、憤怒，甚至產生極大的怨恨。

如果對方不是因為外遇，而是因為某個意外，而無法再與你共同生活下去。這時同樣是對方離開了你，但是你卻有不同的心態，對吧？

這時你們是否瞭解了『所有的一切都是你自己心念造成的。』這一句話的涵意了。

其實「你擁有上帝的愛，你擁有無盡的愛，你不再需要另一個人的愛才能讓你的人生完整。」而且你們沒有人是失敗者，婚姻裡頭沒有優勝者或失敗者。

當一段婚姻已經無法挽回時，你該給予自己的是更多的愛與肯定，而不是悲傷、憤怒或自責。

如果你們有小孩，照顧小孩的情緒是非常必要的。這時
雙方都有責任，為小孩的未來做付出。你們要讓小孩知
道 --- 你們還是非常愛他們，而且這不是他們的錯，只是
父母在人生的道途上有時想做其它的選擇。絕對不要讓
小孩覺得有被拋棄的感覺。

愛你自己、肯定自己、尊重自己，當這些都俱足了，你對
一段逝去的婚姻就只有祝福，而不是怨恨。未來只要你願
意敞開你的心，你還是有機會再遇到另一個人生伴侶。

你們應該尊重你們的婚姻。你們人生的每一個選擇，都
不應該去傷害他人的情緒。但我更要你們尊重你自己內
在的靈魂感受。

我提供給你們的是，在面對一個已經無法繼續下去的婚
姻狀況，如何用更好的態度、更大的祝福去面對彼此。

這樣可以嗎？

問題六：可以談些有關身體健康的話題嗎？情緒是如何對身體產生影響？

你們的身體受到環境、食物影響之外，也受到你們的基因限制。以你們目前地球人類的基因而言，要活到160歲是有困難的。如果說你們能夠釋放內在負面情緒的話，你們目前的平均壽命都可以再增加。但你們通常在70歲之後就整個呈現衰老，有些國家的人甚至因為食物攝取營養不足，而在40歲之後就開始衰老。

在過去你們工業開始發展之前，通常你們的身體會呈現疾病，並非完全是環境與食物造成。但是你們人類在近百年來，不斷的破壞你們的環境，污染你們的空氣、水源與土地………。你們研發各種殺蟲劑，來防治農作物的蟲害。這些殺蟲劑有時嚴重地殘留在植物上，用水也難以清除。你們食用這些植物後，這殘留的農藥會對你們身體細胞造成很大的傷害。而通常這藥物也滲入土地、滲入水中，造成整個生態破壞。

再則你們對於動物的處理，你們不斷的對動物施打各種藥物，抗生素、生長激素……等，以防止動物生病，並強迫動物快速長大，以供應你們對肉類的需求。但這些化學成份都會間接的被你們人體所吸收。

你們現在吃動物的肉，造成你們身體很大的負擔。而食用蔬菜、水果，也將部分化學農藥帶進你們的身體。真不知該叫你們吃什麼好。

我可以插句話嗎？我想請問一個問題，菩薩祢們會要求我們吃素？或反對我們吃肉嗎？

我先就你這一個問題來回答好了。我們從不會要求你們吃什麼！我們也不在乎你們吃什麼！你們要吃什麼都是你們自己的選擇。

那祢們可以吃肉嗎？我是說菩薩吃肉嗎？所有光的上師們吃肉嗎？

菩薩吃肉嗎？這問題非常有趣，也顯示說你們對菩薩的存在境界的不解。光的上師們吃肉嗎？這問題同樣也是。

在我們所在的次元空間是不需要食物的。事實上靈魂是不需要食物就可以存活的。

我這樣說好了。到達第五次元之後的靈魂，再投生到星球之後，他們不會去殘殺任何一種生物，以換取口腹之慾。

也就是說他們不吃肉？那麼如果他們的星球非常荒涼，或是非常炎熱或酷寒無法生長農作物，在食物不足的情況下，他們會吃肉類嗎？

我首先要說的是，他們的星球不可能非常荒涼，或是炎熱、酷寒以至於無法生長農作物，這種情形在第五次元之上的次元空間，都不可能會發生，所以更沒有吃肉的問題了。

那麼，如果他們的農作物遭受蟲害呢？他們會使用何種方式處理？

這問題你們不用擔心，他們會有很好的處理，但他們絕對不用任何殺蟲劑去故意殺害任何生物。

許多佛教徒一直強調吃肉就會造業力，甚至有許多團體認為不吃肉就可以拯救地球，祢們對這有什麼看法？我知道問這樣的問題，有人會說：「你問這簡直是廢話，因為佛、菩薩絕對不會要我們吃肉的。」但我知道很多我們根深蒂固的觀念，有時都是我們人類自己造出來的，根本不是祢們要求我們的，所以我想知道祢們怎麼說？

很好很好！
首先，我們從不要求你們吃什麼或不吃什麼，這一切都是你們的選擇。

你們不想吃肉就不要去吃，如果你們真的無法忍受不吃肉那就吃吧！你們素食者與肉食者各持有不同的多種意見，其實雙方都可能是對的。

我只這樣說，在第三次元的世界，你們要生存的困難度比較高，有些地方的環境難以生長農作物，他們只能依靠肉類來果腹。當他們獵殺動物取其皮肉以求溫飽時，他們心中所想的就是生存。比如你們的非洲部落，以及早期的印地安人。他們沒有任何肉食或素食的問題，他們就是需要多少取多少。他們不會多取，也不會獵殺未

成年的獸類，因為他們知道趕盡殺絕只會讓自己往後更難生存。事實上他們對動物是存有敬意的，他們會感謝動物給予他們皮肉，他們不會濫殺，他們盡力去保護水源、保護動物的棲息地。因為他們知道，他們是與自然環境共存的。這時動物就算被獵殺，也不會有任何怨恨。而這些人的心念也只是簡單的，為了生存下去。

但你們現在所謂的文明國家，你們有時用非常不仁道的方式虐待飼養動物。你們為了讓動物快速生長，強迫的施打增長藥物，以至於牠們的骨頭無法負荷肉體的快速增長，使得牠們一直處於痛苦中。你們獵殺大象，只為了取得象牙當作裝飾品；你們獵殺鯊魚，為了取得魚翅以增加食物美味；你們獵殺海豹，為了取得牠們的油脂以製成你們的健康食品。你們不斷的獵殺甚至趕盡殺絕，都不是為了生存的理由，只為了你們永遠無法滿足的慾望。

比較看看你們的心念，與那原始部落人的心念有何不一樣，你就知道哪一種肉食者會造業力。

事實上，吃肉不會製造業力。會造業力的是你們的心念，關於你們對吃動物是用什麼樣的心念。

如果，你只是為了身體能有足夠的營養素，只吃少量的肉類或是吃你認為對身體足夠的量，那是一種心念。如果你想吃的是魚翅、熊掌、猴腦、鵝肝⋯⋯，你喜歡用象牙製品，喜歡貂皮大衣，那又是一種心念。這樣兩種

心念的差別你可以分辨嗎？

嗯，我知道了，一種心念是為了生存而食用肉食，一種心念是為了慾望而食用肉食。

你們有些人對肉食的渴望非常高，他們不斷的攝取已經超越自己所需的營養素，他們對肉的慾望，遠超過他們的真正需求。他們完全不曾在乎動物的存活或痛苦，只想不斷的滿足自己，這又是一種心念。而這心念是會造業力的，不是因為他們吃動物，而是他們的心念。

『萬事存乎一念呀！』切記。

那我再問，如果一個宰殺動物的肉商，他是為了供應大眾肉食才去宰殺，這樣他是否有業力？

同樣的，看看他怎樣飼養動物。他是讓動物很自然的生存，還是虐待牠讓牠很痛苦？他是怎樣對待動物，給牠們一個舒適的環境還是一個糟到不行的？他對動物施藥是為了讓動物健康，還是為了讓牠不自然的生長？

然後看他宰殺動物時是怎樣的心態？他是讓動物在更無痛苦的情況下死亡，還是為了讓肉質更鮮美而用非常殘忍的方式？

我現在只提供一個意見，如果你們非得食用肉類，那麼存著善念去食用牠。你們飼養動物也給牠一個好環境，

給牠有正常的生長成熟期。你們殺害牠時,用最仁道的方式,讓牠最不痛苦的方式。

你們為何不乾脆說,不要吃肉呢?

我們只是就事實去說,懂嗎?你不是想知道真相嗎?若要你們地球人目前集體變成素食者,這還是無法辦到的。因為你們的土地與環境已經被破壞,你們的蔬菜、水果殘留太多農藥,除非你們好好的改善這些狀況,你們吃的蔬果才是真正對你們身體有幫助的。這不是說你們非得吃素或吃肉,而是要你們選擇對你們身體健康的食物,適量去食用。

說到因果業力,實際上你們種植農作物的人,有時造下的業力更多。有些農人為了提高生產量,不斷的施用過量的農藥,有些人甚至在農藥消退期未過即摘採販售,這種心念都是業力。你們很多的餐廳、飯館經常為了方便,蔬菜、水果都沒洗淨就烹煮販售,這也會造成很大的業力。

「做人做事要無愧於心!無愧於心!」知道嗎?

另外,不要再去食用『基因改造』食物了。

祢的意思是食用基因改造食物,會對我們人體造成不好的影響嗎?

是的！基因改造食物對你們的健康絕對只有扣分，而且會對你們的地球整體造成嚴重後果。

造物主以不可思議的智慧造出所有一切，許多動、植物已經在地球生長數億年了，牠們之所以能繼續生長，是因為牠們能以自然存在的方式適應地球的環境，這也讓整個地球生態能達成平衡。可是你們卻妄加改變造物主的創造，你們對所做的事完全沒考慮到後果。你們或許能改造一棵植物使其比原來生長更良好、更耐寒、結更多果子……，你們以為這樣的改變是很好的，但是你們考慮的只有一小部分。整個自然界是多麼的偉大而且不可思議，這不是你們可以完全思考到的。你們的基因改造物是非自然性，不管是作用在植物或是動物身上，都不應該被允許。目前短期內你們享受這些植物或動物帶來的豐碩成果，長期之後你們卻必須付出非常嚴重的代價。

不要再讓這種情況繼續下去。

『不要食用基因改造食物。』

『不要讓你們的政府允許基因改造動物或植物進入你們國家。』

『不要再進行基因工程實驗。』

哇！我以前從沒想過基因改造食物會造成什麼影響，對這名詞也沒什麼概念，我只知道一些玉米、黃豆是基因

改造。那我們每個人都能做的，就是不要去買基因改造產品，不管是植物或是動物。

這樣很好。

不過祢們這樣說，好像我們永遠無法做基因工程這些研究了。

不是永遠無法做，而是目前階段不應該做，因為你們的意識還不夠高。有些公司做基因改造的動機在於賺更多的錢，即使他們知道會造成嚴重的後果。

那什麼時候我們的集體意識才算夠高？

當你們世界上每個人都覺得你們非常愛地球，你們很高興生活在地球上時。

這好像很難。

這一天就是你們地球環境已經恢復生機，人類沒有饑荒、沒有戰爭、沒有嚴重的貧富差距，每個人都享有自由、人權，生命不再是痛苦時。

如祢們之前所說的，等到地球有這一天，外星人就現身了。是否這時他們就直接給予我們基因工程的建議，我們就不用闖大禍了。

哈哈，也是有可能。

再回到我們一開始討論的健康的問題。你們目前所食用的肉類、蔬果類，可說是問題很多。食用自然放牧成長的動物或是天然有機食物是對你們較好的，即使價位會比較高，但你們應該盡力支持。

前面說到，你們的身體健康不只是受到環境及食物因素影響。現在假設你們的地球環境回到一千年前無污染、無破壞的狀態，而人類也食用天然健康的植物及肉類。這時你們人類還是一樣會生病，因為健康還是會受到其它多種因素影響，藥物、運動、工作量、飲食習慣……、情緒以及因果業力都是。

你們目前的疾病，有些是因為你的負面情緒累積而引起的。這負面能量有些是你今生累積的，有些是你過去累世一直留存在靈體內的。這些負面情緒能量會存在你們的靈魂能量場裡，不管經過多少時間，只要你沒釋放掉，這負面能量就一直在。

你們的靈魂能量場，在起初都是光明無瑕的。經過累世的體驗，你們產生很多的負面能量。這些負面能量會讓你的靈魂變得黯淡無光，甚至封住你的靈魂脈輪。當你的靈魂脈輪被負面能量封閉之後，你們就難以接收更高層次的光與能量。這時打開你的靈魂脈輪能量場是極度必要的。這在後面章節我們會說得更詳細。

當你的靈魂脈輪能量場暢通之後，你就可以更容易讓宇宙的能量進到你的靈魂內。這些宇宙的正面能量，可以幫助你更容易釋放負面能量。當你的靈魂脈輪能量場暢通，自然地你身體的脈輪就會開啟。

你們的身體脈輪在年幼時本來就是暢通的，只是年歲漸長後很多人會因為各種情緒、壓力產生的負能量而造成脈輪阻塞，如果能再次讓身體的脈輪通道暢通，那麼你們的身體也會較健康。

靈魂脈輪與身體脈輪有何不同？

事實上，不能說是你的靈魂脈輪而應該說是通道，只是這通道中有類似輪狀的能量流動，所以我們在這裡用「靈魂脈輪」這一個名稱來替代，以便說明。

靈魂能量場有許多個脈輪，而靈魂某些個脈輪與你們的身體脈輪是重合的。你們有些經常靜坐或是學習氣功或總是維持心平氣和的人，通常身體脈輪會較容易暢通。

靈魂脈輪能量場範圍比身體脈輪大得多，當你開啟靈魂脈輪時身體脈輪也會開啟，但身體脈輪開啟並不表示靈魂脈輪就能開啟。

再說，當你的靈魂脈輪被開啟，光就較容易進入靈魂脈輪裡，你也可以說是靈魂光體被開啟了。只是你整個靈魂的範圍，比靈魂脈輪的範圍要大得多。靈魂光體開啟之後，

你的靈魂能量場將不再是如此的黯淡，你的靈魂可以說開始發光了，雖然此時的光還不是很強大。隨著你的負面情緒能量釋放越多，你的靈魂就會越來越光亮。

通常你靈魂能量場，對應到你身體的某些部位。如果靈魂能量場某個地方，顯示特別晦暗，那麼就可以知道你的身體有些問題產生了。我們通常看你們身體是否有疾病，就從你的靈體來看。假設是肝癌，那麼你肝臟對應的靈魂部位，就會產生一團濃厚的晦暗能量，由這能量場，我們就可判斷你肝臟出了什麼問題。

可以講關於癌症嗎？

你們醫學界目前對於許多疾病還是束手無策，你們現在因為癌症而死亡的人也可說是非常多。癌症起因非常多，你們的食物裡所含的化學藥物、加工食品添加物、日常用品化學添加物、空氣污染、水源污染，………林林總總不勝枚舉。

有些商人為了減少成本，不顧使用者的健康，而添加不合乎你們規定標準的化學物品。你們許多人可說為了賺錢，而讓你們的靈魂蒙上更多的污塵。要記得你們的業報可不是1：1，你們做大老闆賺大錢的人，你們的享樂可能是這一世，如果你們不好好做，對眾人所做的傷害足以讓你花更多世來償還。

「好好做！好好做！」

對於癌症,雖然有些抗癌藥物被研發出來,但你們醫學界還是無法根治各種癌症。你們經常用對細胞具有破壞性的化學治療法,這不僅殺害你的癌症細胞,也對你的身體產生很多的破壞。儘管你們世界上有許多所謂的「另類醫療法」,但你們所謂的正統醫學界還是無法接受。

你們的正統醫學界醫生經常否認「另類醫療法」,要知道你們的西醫發展可說年代很短,而其它治療法有的已經在地球行之多年了。許多癌症甚至用中醫的醫療方式就可以被療癒,但是中國人總是唯恐這些藥方外流,而是以代代相傳的方式由自家人保留著。

癌症也許是由各種原因產生的,但是如果你能將靈魂體上的那些負能量清除掉,你們的身體自然就會變得健康。

祢們將靈魂能量場裡的那一塊濃厚的晦暗能量場清除之後,惡性腫瘤就會消失嗎?還是轉成良性?

兩者都有可能,看清除到什麼程度。

祢們所說的「清除」是說不用任何藥物就可以達到嗎?

是的!

這對我們而言,只有出現神蹟才會發生吧!

要出現「神蹟」也不是那麼難,只是你們不相信這種事

會發生，或說你們不知道如何讓它發生。

但要達到完全不用藥物就能被治癒，首先必須有足夠強烈的信念 --- 相信你可以做到。只是你們人類目前要在短期內，有如此的信念是有困難的，但並非做不到。

如果現在有人生重病，這個人如何能不用藥物而只靠心靈力量來治癒自己，或是說靠心靈力量更快痊癒？

如果你現在正在與重症對抗，而你想要藉由心靈的力量讓自己更快痊癒的話，首先必須有足夠強烈的信念 --- 相信你可以做到。

再來你必須審視你的態度。審視你是用什麼態度來看待自己、審視你是用什麼態度來看待他人、審視你用什麼態度來面對每件事情、審視你用什麼態度來面對你的人生。
因為你們很多的疾病是來自於負面情緒的累積，而這些負面情緒則是來自於你的態度。所以審視你對所有一切的態度是必要的。

想想看你自己！你對待自己、他人、事件、人生，是經常用肯定、信任、讚美、感恩、支持、勇敢、熱情、喜悅、自在、平靜……這些正面的態度來對待？還是用否定、猜忌、自責、愧疚、抱怨、中傷、逃避、虛偽、憤怒、怨恨、焦躁……這些負面態度來對待？

如果你察覺到你對自己、他人、事件、人生，以負面的

態度來對待居多，那麼你必須開始做改變了。

你必須做的就是「改變你的態度」。改變你看待自己的態度、改變你看待他人的態度、改變你面對任何事情時的態度、改變你對於人生的態度，將這些負面否定的態度，完全轉變成正面肯定的。

如果你認為自己不夠聰明，就開始告訴自己：「我這樣其實很不錯。」

如果你認為自己不夠漂亮，就開始告訴自己：「我欣賞自己的容貌。」

如果你認為自己不快樂，就開始告訴自己：「我每天都很快樂。」

每天像這樣不斷的讚美自己、肯定自己。

如果你不喜歡你的同事，那麼告訴自己：「每個人都有自己的特質與優點。」

如果你不喜歡某件事情的發生，告訴自己：「這些事情其實很容易解決。」，告訴自己：「我絕對有相當的智慧與能力來處理這件事情。」，告訴自己：「所有的事情都會變得越來越好。」

如果你覺得你人生無趣甚至無望，那麼告訴自己：「生

命是可以重新創造、生命是多采多姿的。」

如果你的身體正被疾病所困擾，那麼告訴自己：「我很健康。我一天比一天更健康。」

類似這樣的肯定語句，寫多一點，每天不斷的念誦。不斷的這樣告訴自己，並且時刻覺察自己是否都用正面的態度來對待。

了解我的意思嗎？

當你願意這樣做，當你很相信地這樣做，當你整天不間斷地這樣做，重新改變你的態度。那麼你實行一段時間後，你會發現人生有些事情改變了。你可能無法形容，但就是改變了，變得更好了。

為何要你們這樣做？因為當你的身體開始呈現出疾病，特別是嚴重的疾病時，除了你平時沒好好照顧你的肉體之外，可能你也已經很久沒好好照顧自己的心靈了。

如果你的靈魂累積太多沉重晦暗的能量，你可以說你的靈魂有創傷或說靈魂生病了。你們要知道如果靈魂生病，則會引發身體的疾病。你們總是認為靈魂是住在身體內，這是錯誤的。應該說，靈魂包住整個身體，而且靈魂大得多。用煮熟的雞蛋來比喻好了，你身體就如蛋黃，靈體就是整顆雞蛋，只是比例不一樣，蛋黃要更小些，就像一粒小豆子。

肉體的疾病對靈魂而言可說影響較小，而靈魂生病對肉體就影響很大了。所以從靈魂來醫治，恢復肉體健康會更快。

如何醫治靈魂呢？這就得從釋放你的負面情緒著手。我這裡不講你的負面情緒對應到身體什麼部位，因為無法用一種情緒來搭配你的某一身體部位，也就是說你身體某一部位的疾病，可能是多種負面情緒造成的。

我在後面的章節會更清楚提到負面情緒的釋放。

祢的意思是說要出現神蹟，讓身體不用藥物就能痊癒，先要有強烈的信念。然後覺察自己對整個人生一切的態度，並修正這些態度成為正面肯定的，之後還要釋放靈魂的負面能量。

是的。

那我怎知道我釋放的負能量，剛好對應到我生病的部位？比如說我想治癒肝臟的問題，那我釋放的會不會是對應到心臟的負能量。

你的信念就是要讓肝臟好起來，自然會對應到肝臟。

很多人往往在面對疾病、死亡時才會開始思考這些事情，而這是一個機會讓你們再度深入的去看看你怎樣過你的人生。

當你認知你之前的人生充滿太多負面情緒，而那些負面情緒你不再需要。你不再讓負面情緒掌控你，那你就走對路了。

當你醒悟了，而且有一個強烈的信念，你相信你的人生能處於更大的平靜、更大的喜樂。你醒悟了，其實你可以釋放掉那些負面情緒，讓自己過得更快樂，那麼你已經找到出口了。

你不需要等到生命終了，或是疾病出現時才開始這樣做。現在就這樣做，用正面肯定的態度去對待一切。

問題七：問個工作上的問題，這應該也是與人際關係有關的問題。如果我在一個工作場合，我除了必須做我自己的工作之外，還要與另一個人輪流留守一個定點幫他人服務。但另一方卻老是只做自己的工作，關於兩人必須輪流的部分，他根本經常不在工作崗位上。這樣我除了原本的工作，加上這工作，我簡直快負荷不了。向他反應了，他還是愛理不理，就這樣這一個問題一直懸宕在那裡。我雖然想說要多包容，儘量不去要求別人，但是我工作負擔已經加重許多，我該怎麼做？這是我的問題嗎？

我了解你意思了，你認為你可以多做一點沒關係，但是對方不應該全都丟給你。因為你自己無法負荷。

是的。

你認為問題出在對方，因為對方對非自己的工作不願意負責，雖然這是他應該要做的。

但我要告訴你的是，問題出在你身上。

為什麼說是我？我已經有意願跟他溝通了，但是我說歸說，他還是根本不願意做。

你可以向你們的上司反應呀。

我已經反應過了，我們上司對誰也不想得罪只想息事寧

人。所以我雖然說了，上司還是敷衍的帶過，到現在結果還是一樣。

問題還是在你身上。

我不知該怎麼做了，因為這事件造成我工作量加重，情緒變得很不好。

為何我說問題還是出在你身上？簡單的說，你們每一個人在這世界所遇到的事情，表面上看起來問題是發生在別人身上，但實際上都是發生在你自己身上。

你說你已經跟上司提過了，你只提過一次，為何你不再繼續提出呢？有些事情的解決必須你自己去尋求解決之道。為何有些人就算失敗了十次，他也不放棄？有些人就算是經歷許多痛苦與委屈，他也不放棄，所以最後他才會成功。

你如果想要讓事情得到圓滿解決，你願意花幾次嘗試？所以說這問題出在你身上。

你們人類在這裡有許多的體驗與學習，這也是你的課題之一，你是否能夠學習更大的毅力與勇氣，對於對的事情堅持不放棄。

我覺得我已經不知道什麼事是對的或是錯的。在我上班的地方，我看到那些認真盡責的同事，他們就是默默的

付出，他們的個性只是不喜歡迎合別人，但是他們卻都得不到上司的賞識。反倒是那些逢迎阿諛的人，實際上也沒更有能力但就是比較受寵，好事好缺都他們佔住。沒人要做、吃力不討好的事，則都是那些認真負責、默默付出的人在做。我覺得這樣很不公平，為何世界就是這樣，認真負責的人好像就是比較不受賞識。

對或錯沒有一定的標準，問題在於你想做哪一種人，你想要做阿諛奉承的那一種嗎？

我當然不要這樣。

那麼就是了！這就是你想要的，你就堅持做你想要做的人。

可是這樣我就覺得不公平。我看到很多很好的人根本沒機會往上晉昇。

這也是他們自己的選擇，他們選擇做他們想要做的人，表面上看來認真負責默默付出好像得不到好處，事實上在靈魂層面，他或許更快完成這一項課題。而那些喜歡鑽營阿諛奉承的人，他也許是更容易升官發財，但靈魂方面他也許就要再重複修習這課題很多次。一切都是他們的選擇。

我無法看到靈魂的未來或是下一世，而我只就一個世俗之「人」的觀點去看，我只是就「當下」來看，所以我會覺得氣憤。為何社會上很多壓榨別人的人還是一樣賺

大錢，生活過得很優渥，反倒很多老實的好人，在這一世就是無法過得很好？

你的氣憤是沒有必要的，因為你只看到表面，你無法看到全貌。當你能用更高的角度去看整件事情，你就會知道批判也是沒有必要的。而你要知道，每個靈魂的進展都不一樣，你也許認為別人的情形好像很糟，但實際上也許這樣的發展對他的靈魂是更好的。

你認為有些人會做些損人利己的事，但是他們一樣享有金錢及生活的優渥，有些你們認為是不錯的好人，反而是過著辛苦的生活，你因為這樣的不公平而對我們提出抗告？但我要告訴你的是，所有的事情自然有其因果。你所認為的壞人，不一定他之前每一世都很壞；你所認為的好人，也不一定他之前每一世都很好。因為你們已經經歷太多世了。

我希望我能更聰明一點，我知道聰明不代表智慧，但我還是希望我能更聰明，這樣就能學習更多、更快。

聰明不代表更好。如果今天一個意識不夠高的人，他的智商遠高於你們世界所有的人，那他的想法一定會有偏差。他會想說，為何他說的話別人都聽不懂？為何其他人都如此愚笨？他會孤高自賞，會認為與很多人的談話都是浪費時間，而且根本不屑與這些愚笨的人對談。

他可能會開始做一些事情，這些事情他認為是偉大的觀

念、偉大的成果。這些可能為他自己創造許多的財富，但不一定是對世界上的人有益。就像你們目前世界許多非常聰明的人，被聘請去研究戰爭武器、去掌控國際金融市場，你認為這樣好嗎？

你們的靈魂在離開肉體之後的智商，可說都比在肉體時高許多許多的。就算在你們這一世，你認為很愚笨的人，在他離開肉體之後，他的靈魂其實都比你們目前活著的人智商高許多。但有時靈魂剛離開肉體時，會讓人覺得笨拙或遲鈍，這是有原因的，這裡先不論。

你們每一世的聰明才智都不一樣，你們藉此體驗不同的人生，這樣才會有不同的樂趣。而你如果不聰明，你這一世才可以體會到不聰明的人的心情與處境。就如有些人經過苦難之後才更能體會處於苦難之人的心境。

等你們的靈魂提昇到達更高次元之後，你們自然會變得比現在聰明許多。但那時你們已經不會用你們的聰明才智去傷害他人了。

我的朋友告訴我：「如果你在意別人的作為是因為你對他有期待。」

是的。所以當你抱怨、批判別人做得不好時，問題還是在你身上。當你對自己有足夠的愛、自信與喜悅時，你就不會去要求別人為你做什麼了。

所有的問題好像都變成我自己造成的？我如果完全不批評、不在意對方的作為，那是否表示我該保持沉默，什麼事都自己承擔？但這樣又有矛盾，你不是說我應該要不放棄的提出意見嗎？

我只說不應該批判，沒說你不能表達你的意見。

事實上，你們絕對要表達自己的意見，如果它是合理的，你也該為自己爭取權利。你們不應該保持沉默或是委屈自己，讓負面情緒停留在你們的身上。甚至你們該表達自己的憤怒。

而我說的「批判」與「表達」是不一樣的。

「表達」是對一個事實去陳述，比如說對方沒有負責好他應該做的那一項工作，而影響到你的權益，你就應該就這一件事的事實去提出來。

「批判」是你對這一個人，除了這一項工作事件之外。你又揣測認為他是一個不負責的人，或是喜歡佔他人便宜，這就成了批判。

可以理解我要表達的嗎？

你們也該表達自己的憤怒，我的意思不是你該隨便發怒或遷怒他人。而是當一件事情讓你感到憤怒時，你可以讓對方知道你對這一件事的想法，你可以陳述你想要說

的事實。不管對方認為你是對的或是錯的，不管對方願不願意接受，你都應該表達。

如果表達之後，只會讓對方很不高興，甚至對我產生很情緒性的言語攻擊。那我的情緒不就更糟了？

是有可能這樣。假設你沒嘗試過，你不知道你提出想法之後，對方會有如何的反應，那麼你就該去嘗試看看。

如果對方是你熟識的人，你知道當你提出一項與他的看法不同的意見時，他經常無法忍受別人的意見，反而會用激烈的言詞對你說話。那麼你可以先考慮，試著用其它方式去表達你的意見，或是透過其他人來表達。

祢們的意思是說，如果我已經知道當我提出意見，對方一定會很激烈的反對我說的，或是用令人感到很不愉快的言語來回應我的話，那麼我就不要直接表達了？

嗯，但不是說你不要表達，而是你可以再試著透過其它方法。

我知道你們的世界總是有些自私的人，他們通常會先想到自己，而較少顧慮到別人的感受。所以你們的世界充滿恐懼、憤怒……的負能量，這些自私的行為有時會對很多人造成大的困擾。

我要告訴你的是，如果你一個人無法挺身出來面對這樣

的人，那麼你們應該團結起來，一起來面對這樣的人。
但你們就是經常遇到與你們不相關的事就躲起來。

所以如果在工作單位，你遇到的對方是很不講理的人。
那你也試著問自己，當其他人遭受到這種不平等待遇，
受到像這一位仁兄激烈的言詞對待時，你是否有為他挺
身而出的勇氣？

看你們的歷史，有時只因為一個人的自私行為，而造成
數萬人受到傷害。如果你們不姑息這一個人，而是群起
捍衛你們的權利，這問題就不是那麼難解了！

這樣可以嗎？

問題八：有人說「自殺」是很大的罪，這是真的嗎？針對久病厭世、對愛情失望、為錢所苦⋯⋯等而自殺者，需承受何種因果業力？

「自殺」是一個複雜的問題。自不自殺是你們的選擇，沒有誰能為你定罪。但是有時候自殺不但無法解決問題，之後你的靈魂課題恐怕還是要再重修一遍。

有人因為疾病太過於痛苦而自殺者，那麼如果你的業力果報還未清償完畢，將來還是得繼續接受疾病的業報。

為愛情而自殺者，那麼情感關係的課題也要再重修。

不管是什麼原因，會選擇自殺這一條路徑而死亡的人，通常已經進入到極度的悲傷、痛苦或絕望中。但是我要告訴你們的是，當你真的有自殺的念頭而且不知該怎麼做時，找個人協助。你們台灣不是有很多自殺防範的單位嗎？不要怕尋求協助，去找他們，先讓自己冷靜下來再說。

「自殺」不需要承受什麼業力果報，但是你的靈魂在很悲傷、痛苦或絕望時走上自殺之途，那麼死後你的靈魂依然不會得到安寧。你在這一生自殺死亡之後一定還會有許多執著，就如之前說的，你的靈魂會一直回憶起生前這一段事件，宛如親自再體驗一樣。所以有些人會一直回憶自殺之前的種種情緒，以及回憶起自殺剎那，那樣就好像是一直在重複自殺的過程一般。

你們社會上有些很糟的事,就是父母帶著孩童自殺。要知道孩童不是屬於父母的,他們是獨立的靈魂,他們有存活的權利。這樣的父母等於強迫小孩死亡,這是要承受業報的。

如果有人活著時,身體要忍受極大痛苦,甚至龐大的醫療費用也會帶給家人痛苦。他選擇自殺的理由,除了為自己也為了家人,這樣可以嗎?

如果他認為他已經完全沒有活下去的理由與價值,而他在死前是歡喜的離去,而不是痛苦執著。如果能做到這一點,那麼他死後靈魂才不會因這自殺的行為受苦。只是如果這疾病是他的業報,那麼未完成的業報將來還是得承受。

但他真的已經沒有活下去的理由與價值了嗎?在我們的觀點裡,這一個人不應該因此就否定自己活下去的理由與價值。他的疾病也許給家人很大的痛苦,但這也是他的家人該去承受的,或說這也是他的家人該去體驗、學習的,因為這一切都是上帝的巧妙安排。對他本身而言,在病痛裡他還是可以學會讓靈魂提昇,他還是可以創造、還是可以體驗上帝之愛。

對你們第三次元的地球而言,你們有時認為活著的痛苦超過死亡的痛苦。以你們過去的歷史為例,你們有些國家曾經遭遇戰亂,戰亂之後失敗國慘遭大量血腥屠殺,中國古代這樣的例子不少。這種屠殺是將整城無分男女

老幼通殺，女性甚至被姦淫之後又被虐殺。如果這時這些城民選擇自殺甚至會較好，因為他們可以免去許多死亡之前的痛苦，靈魂的痛苦記憶也可以減少。還好你們地球現在這樣的屠殺情況已經很少很少了。

你們應該珍惜得來不易的生命體驗！

問題九：可以針對目前台灣、中國與日本的釣魚台事件來談談嗎？

如果你不覺得這是敏感話題的話。

不過我們講一些觀念或許跟這事件沒關係，但你們可以思考思考。

你們世界很久以來，許多國家就一直互相爭戰，A國將B國視為仇敵，B國也對A國的人滿懷仇恨，甚至彼此殺害對方國家的人、掠奪對方國家的土地。

但我要你們仔細思考一點的是，如果你這一生是A國的人，前一世為B國人，現在你視為仇敵的國家，在過去卻是你摯愛的祖國，那裡還有你的子孫在那土地上居住。你這一世所愛的國人，在過去世卻是迫害你同胞的異國人。

這樣你可以了解我的意思嗎？

你們如果用憤怒的方式處理國家種族問題，到後來你們還是要重修這些課題，而且也可能易地而處。你如果一直對某個種族非常排斥，甚至是非常歧視的態度，將來你也可能去體驗他們的處境。

這就是上帝的法則呀，多麼慈悲又充滿智慧是吧！

我知道祢們的意思是什麼了，可是我們一般人都只看到

目前的處境所在,很少會以輪迴轉世這一個層面來思考。如果我們開始學會用這一層面思考,或許問題就會更和平落幕了。

ya!互利共享是最好的,這也是你們地球人集體要學會的。

再說說你們的政治人物好了。能當上政治人物或是國家領導者、決策者都是一個非常好的機會,可以讓自己增加更多的福報。

怎說?我覺得很多政治人物是很糟的,很多國家民不聊生都是因為政客的貪婪造成國家腐敗。

那你怎不說,很多國家人民富足安居樂業,也是來自於這些政治人物。

這樣的描述好像很少聽到。

嗯,這就是我要講的。國家的領導者、決策者、從政者,一念之善可以影響整個國家千千萬萬的人民,因為這一念之善所造成的影響,你知道能消去多少業力嗎?反之這些政治人物因為個人之私,進行一個不適當的決策,這也是影響千千萬萬的人,為自己添加更多更多的業力。

如果一個政治人物,他提出一項對百姓很有利益的決策,但是這一項在議會上被否決掉的話,那也是算很好嗎?

如果一個政治人物提出一項很好的決策。這牽涉到這決策是對百姓多少人很好？如果只對少數人好，但是你們要付出非常多的金錢或是破壞環境就不算是好。

如果這一政策很明顯是非常好的，不僅對所有人有利，對生態環境也不會造成破壞，各項評估都是非常優良的，但被否決掉了。不管被否決的原因是什麼，但因為這一個人善的心念就可以為他消去許多業力，當然一個善行能夠被實行是更好的。

簡單的說，一個人有善念是非常好的，如果他能把這善念付諸成善行那會更好。

如果某一提議有些政治人物認為很好，有些人卻認為不好，但各自有不同的合理見解呢？

這要看，比如說認為好的A派，是否所有的人都是為了大眾的利益，還是其中多少有摻雜個人之私？認為不好的B派也是一樣，為何他們反對？是為了民眾更大的利益著想，還是為了個人之私而反對？如果雙方都為人民著想但是持不同看法，那也是好的。

如果一方政治人物認為某一個決策真的很好，他們也真心的為人民謀福利，但是結果卻是造成不好的影響，那這樣怎說？

如果他們自認為是真心的善念，但是當有人提出不同意

見時，他們卻完全不接受，甚至不想傾聽、剛愎自用。或是他們該多做一些功課、評估，卻沒好好的認真去做，而造成不好的後果，這時就不算是真心的善念。因為他們真心想做好時，一定會朝各方向去思考，更認真去評估。

他們如果是真心的善念，他們已經做好一切評估，參照多方意見，結果卻造成始料未及的不好影響，那麼他們也算是好的善念。

一個決策可以引發戰爭奪取萬人生命，一個決策也可以創造和平。

那也就是說，政治人物他們的權力越大承擔也越大，不管發一個惡念或是善念所造成的影響都是很大的。所以他們更應該謹守他們的行為不要為惡，否則他們承受的業報也會更多。

那當然！所以不要因為貪圖一世的榮華富貴而造種種諸惡業，讓自己的靈魂遭到更多世的業報。憑良心做事、問心無愧，為人民謀福利才是上上之策。

你們所謂的公眾人物、名人，也是一樣。他們如果願意出來為世界做些好事，通常可以讓更多人響應參與。

人們往往因為看不到過去世與未來世，就不相信這些因果業力之說。經常只看到眼前的利益，卻沒想到後果。

你們看不到過去、未來世，但我們已經來到此告訴你們
了，不是嗎？

我們是高振動頻率的能量存在體，在數千萬年前我們已
經經歷過你們的娑婆世界，現今帶著愛來到此告知你們
這些訊息。你們可以繼續選擇不相信而任意而為，也可
以選擇相信而往提昇之路前進，一切都是你們的選擇，
而我們也絕對尊重。

【觀音語錄】

心念有多強，
力量就有多大。

不要自以為很渺小，
因為你未來將會成佛。
不要自以為很偉大，
因為成佛之道還很遙遠。

六、寬恕、喜悅、愛、創造、療癒

【觀音語錄】

過去的業力、未來的境遇，
可由現在的心念來改變。

事情背後真相須看清楚，
才不會作錯誤判斷。
勿人云亦云。
智慧者，懂得從各層面看問題。

六、寬恕、喜悅、愛、創造、療癒

寬恕

我現在開始進入「寬恕」這一個主題。這一個主題並非很容易，但如果真有心要做也不是太難。你們靈魂自從體驗動物之後再投生到更高意識的動物，現在到達你們所謂的「人類」階段。在人類期間，你們必定會遭遇到讓你們感到憤怒的事件，而這些憤怒情緒往往累積，最後轉成怨恨的能量。這怨恨的能量會造成你們心靈很大的傷害，你們的怨恨能量幾乎可說已經累積許多世了。

隨著你們靈魂的意識越來越高，你們學習得越來越快。有些人已經開始懂得讓怨恨能量釋放，也就是讓怨恨心不再繼續。因為他們明白，怨恨只會為自己帶來更多的痛苦，唯有寬恕、釋放才能結束這一切。

在你們累世當人的時候，你們在很多「關係」上也產生對彼此的怨恨情緒。除非你們學會寬恕，然後釋放掉這些情緒，否則這些怨恨的負能量會一直留存在你的靈魂內。

我要教導你們一個簡易的方法，讓你們「關係」上的怨恨能量釋放。你們很多人也了解，怨恨情緒是很大的負能量，當你恨一個人的時候那種滋味絕對是不好受的，而這負能量更會造成你身體極大的傷害。但是很多人就

是無法控制這情緒，當他們與某些人相處時，就是經常會產生憤怒。而這憤怒能量沒有得到很好的宣洩的話，累積久了就可能成怨恨能量。要釋放掉你對某些人的怨恨能量，最好的方式就是用「寬恕」來協助釋放，這樣的釋放也會改善彼此的關係。

我現在要引導你進入寬恕課程。如果你準備好了，願意開始進行寬恕的話。我知道這對有些人來說是很艱難的，因為其他人不知道你遭遇了什麼創傷。所以這要你準備好時再開始。在中途你如果感到不安或不舒服，隨時可以中斷。

＊ ＊ ＊ ＊ ＊ ＊ ＊ ＊

現在我要你列一張表，將你們這一生中到目前為止，你認為你想寬恕的人，列出他們的名字。這些人可能是曾經傷害過你的人，或是造成你心靈受到傷害的人，而你心中一直對他們懷著恨意。這些人有可能是你的父母、兄弟姊妹、親友，雖然他們可能也給你很多的愛，但你還是要誠實的寫下來。

把他們的名字一一列下來。我知道有些事對受害者是難以釋懷的，要讓你再度回憶起這些傷害，是一種很大的折磨。所以如果你至此無法進行下去的話，就先停止。

開始思考為何你怨恨他們，一一的思考，這時先不要想他們如何愛你，而是先想為何你會恨他們。

哪一些人是你已經準備讓怨恨釋放了？哪一些你還是無法釋放的？將他們分類。

（這時你的心是平靜的，如果你開始有了非常強烈的憤怒與怨恨也請你停下來，深吸一口氣回到當下。然後你可以選擇停止或繼續。）

現在，你先選擇已經準備好釋放怨恨的人來開始。先找出一個人名，然後在心裡或紙上描述你怨恨他的原因，也許你對他的恨意不是很深的，但你想要釋放的話也可以一一列出來。

開始心裡面對他說：「對方名字，你在這一生所做的行為（把事件描述出來），所說的話（把對方說的話描述出來），已經對我造成傷害（把身體或是心理的傷害描述出來），但我選擇寬恕你。」

之後我要你持續不斷的說：

「對方名字 過去累世，如果你曾經傷害過我，造成我身體或心理上的痛苦，我選擇寬恕你。」
「對方名字 過去累世，如果我曾經傷害過你，造成你身體或心理上的痛苦，我請求你的寬恕。」

＊＊＊＊＊＊＊＊＊

這樣說就好？

是的，不要忽視言語的力量，也不要忽視你內在的力量。當然你也要誠心誠意願意寬恕對方，以及請求對方寬恕。

有先後順序嗎？

有。先將今生的事件進行寬恕。之後對過去世的事件先寬恕對方，再請求對方寬恕。

連過去世也要進行寬恕？

嗯，你們很多關係上的問題其實都已經累積許多世了。

對方不用聽到也沒關係嗎？

是的，只要你心裡對他說就可以了。

感覺好像不太難。

如果你對對方的怨恨不是很深的話，這樣做不難而且效果卓越。**但前提必須你真的願意結束你們之間的問題糾葛，而選擇寬恕。**

要說幾遍才可以？

我要你剛開始一次選一個人或是幾個，不要太多。每天你都要不斷的重複對他們說這些語句，直到你不再對他

們有怨恨心為止。你不需要與對方感情變得很好，只要你不再對對方有怨恨。

你可以選擇何時面對哪些人，有些人你可能要經過長時間才能面對他們對你的傷害，這都沒關係。但你們要知道，所有的事情終究要去面對，而不是逃避。因為回到靈魂狀態之後，記憶是不可能抹除的。

我每天重複念誦這些話，直到我對他不再有怨恨心為止。但如果對方對我還是有怨恨心呢？

如果對方對你仍有怨恨心，那繼續複誦。
「對方名字 過去累世，如果你曾經傷害過我，造成我身體或心理上的痛苦，我選擇寬恕你。」
「對方名字 過去累世，如果我曾經傷害過你，造成你身體或心理上的痛苦，我請求你的寬恕。」

如果對方對你的怨恨心，是你們這一世造成的問題。而你知道自己對他有任何虧欠的話，那麼你就應該盡量去修正。

如果不是這一世的問題，而你也不知道是何原因，那麼你還是繼續念誦以上的「寬恕語句」，直到你認為你已經盡力了為止。

也就是說，我已經每天真心的去複誦寬恕對方、也請求對方寬恕的語句許多遍。經過很長一段時間，依然無法

消除對方對我的敵意，那就表示我盡力了？

嗯！因為有時你們過去世有太多問題累積，這些複雜的問題不是一時間可以消除的。但至少你自己必須先真心努力去複誦這些寬恕的語句。

也許有些靈魂被傷害得太深了。那是否等到靈魂離開肉體之後，再去回憶看他們前世到底經歷過什麼關係事件，再去「寬恕」就會比較容易？

不是！
回到靈魂的狀態時，首先他還是會先回憶起今生的事件。靈魂不是一離開肉體就立刻回憶起他所有過去世，但時間久了之後他終將會回憶起。當他面對今生的事件，比如說他今生的怨恨無法釋放時，有時他就會先困在這今生的怨恨回憶裡了。所以最好就是在生前，先用寬恕課程將該寬恕的進行寬恕。

不僅只是怨恨，有些人無法釋懷的是自責、內疚或是恐懼，或是其它負面情緒。這些情緒最好都能早點釋放掉。

祢之前有說過要教我們如何釋放掉負面情緒。

是的，現在是先教你們寬恕。

好像靈魂離開肉體之後都先想負面的。如果一個靈魂是高興的離開呢？

能高興的離開這人世間那是最好的！如果一個人這一生，在死亡之前已經沒有罣礙，而且是帶著滿滿的愛而離開，那當然是很好，不過你們「人」卻很少如此豁達的。

不過即使今生快樂的死亡，之後靈魂還是有可能回憶起過去世的負面記憶，那又不快樂了。

所以在你們還在肉體狀態時，最好將這些負面情緒釋放掉。你們的靈魂記憶裡還是有許多的歡樂與愛，但是你們經常被負面的情緒淹沒。

寬恕課程到此結束？

還有一項很重要的 --- 「寬恕自己」。

你們經常不懂得寬恕自己。現在收起你們所有的自責、愧疚，寬恕你自己！

你要知道自責、愧疚對某些已發生的問題無濟於事。你如果認為自己做得不好，那你可以反省及修正，而不是以自責、愧疚來代替。

你們有時會說：「我絕對不會原諒自己。」這是很糟糕的宣稱。

有些人可能要以這樣自責、愧疚的情緒，來表達他真的已經對這事件有悔意了。如果一個人殺了人，事後完全

沒有愧疚的情緒，我們怎麼相信他有悔意呢？

你們通常以你們人類的目前眼光所及來看這些事件。但是我們看到的卻不一樣。

假設：A殺了B。或許是B過去世的因果業力，導致他們兩人今生會有如此關係產生。但也可能他們之間根本沒有任何因果關係。

如果沒有任何因果而B被殺，這樣A將來承受的業報就會加許多倍。不僅是業力的果報，你們人間的法律也會對A做出懲處。這樣你們何必在乎A是否有悔意。

當然要在乎呀！這事件一定會成為B的親人一生的痛。我如果是B的朋友，我也會希望A一輩子活在自責、愧疚中。

你這一句話牽涉到幾個要修正的點。

壹：A如果有悔意何必活在自責、愧疚中；如果A沒有悔意他也不會感到自責、愧疚。

所以任何人包括B的親友，想看到A產生自責、愧疚的情緒，事實上這些人只是想安慰自己，讓自己覺得好過一點。

如果A完全沒有自責愧疚，你們也會很氣憤，你們可能會感嘆的認為：「A已經沒有人性了，這世界怎麼那麼糟。」

事實上A是否有悔意對其他人是沒有影響的，你們認為有影響是因為你們願意再受A影響。

所以B的親友最好不要再因為A是否有悔意，而讓自己再度陷入負面情緒中？

是的。

貳：你又說：「我也會希望A一輩子活在自責、愧疚中。」這是一個更糟的聲明，這是一個「詛咒」，你知道嗎？所有的詛咒最後的受害者都會是自己！

那怎麼辦？我只是站在B親友的立場，表達我的憤怒。

你們常常因為一時的憤怒就出言「詛咒」。如果你講這詛咒時是懷著很強烈的恨意，而希望對方就是如此，那麼這詛咒的負能量彈回你身上時就會很強烈。

所以憤怒時更要謹慎你的言語、思想、行為。

怎樣化解詛咒？最好的方式就是重新再說一遍，重新想清楚了、修正好再說一遍。

那這一句話如何重新聲明？

將「我也會希望A一輩子活在自責、愧疚中。」改為「我知道A會為他的行為付出代價，但他不應該一輩子活在自

責、愧疚中。」

所有的詛咒都可以這樣被消除嗎？

是的！

如果我過去世曾經詛咒別人，而我現在根本不知道我對什麼人說、我說過什麼呢？

的確，在你的過去世，在你被殺之前，你曾經下了一個很強烈、很憤怒的詛咒。而這也真的反過來毒害你自己很深很深。

那我可以消除這詛咒嗎？要怎樣消除？

可以！只要你真的有這個念頭，想要消除掉你的詛咒。你要說：「**從過去累世以來，我曾經對任何人下過的任何詛咒，我都願意清除掉。**」

這麼簡單？那要講幾遍呢？

就是這麼簡單！只要你真的願意，而且心念夠強烈的話，一遍就夠了。

我看，還是多說幾遍比較好。最好我將這一句寫下來，放在電腦前面每天看到就念幾次。

嗯！但是不要以為詛咒可以消除，就輕易的去詛咒他人。如果懷著這念頭的人又會產生業力。

但是你是真心的嗎？你不再想要詛咒過去曾經殘忍殺害你的人了嗎？

我想被殺害之前，我一定有很多憤怒與痛苦，但這都已經是過去了。一直存著怨恨，只會讓這些負面情緒繼續留存在我的靈魂裡，繼續毒害我的靈體，甚至我現在的肉體。既然是百害而無一利，我又何必呢？我當然願意刪除掉詛咒呀！

你不再希望對方因為你的詛咒而受苦？

他們會因為我的詛咒而受苦嗎？

會，但你也要付出很高的代價。
你們有時就是喜歡看到對方受到很大的痛苦，即使自己也要付出代價。「玉石俱焚」的想法是很糟的。

我讓對方受苦，以後對方又讓我受苦，沒完沒了。最好恩仇俱泯，無怨無仇最好了！

非常好、非常好！你要記得你今天說的話。
你們靈魂就是非常執著，有時明知對自己沒有好處，可是還是往坑裡跳。

那如果有人詛咒我呢，我要怎樣清除掉？

這對你們目前而言有些困難。但是你們只要記得：「善念、善言、善行。諸惡莫做，諸善奉行。」自然我們就會協助你們。

所以說善人有善報囉！

那當然！不過我們看到的是一個人累世所累積的善惡，而不是像你們只看到他這一世的所作所為。

參：你之前那一句話說到：「這事件一定會成為B的親人一生的痛。」

這事件也許會造成B的親人非常痛苦，但B的親人都不應該將這事件當作「一生的痛」。你們這一生，曾經經歷的痛苦要釋放掉，不是遺忘而是讓這痛苦釋放。每個活著的人都不應該再為已經死去的人悲傷，這樣對誰都沒好處。祝福已經過往的人是最好的，而不是為他悲傷。這也是你們人類要學習的「面對死亡」課題。

再回到「寬恕自己」這一話題。說到之前那一個例子A殺害了B，不管A呈現怎樣的情緒，B的親友或其他人都不該再受A影響。

對A而言，如果A有悔意，那表示A已經學到了某一個課題。自責、愧疚對A而言都是於事無補，A或許可以做些

什麼事來修正他的行為，而他也該「原諒自己」。

在靈魂的進化過程中，自責與愧疚會阻礙靈魂的提昇。如果A繼續選擇「不原諒自己」，那麼他的提昇會花更多時間，這對所有與他有關係的靈魂都沒有好處。

像A犯了殺人的行為，都該原諒自己。其他人更不應該為了些許的事情，就一直耿耿於懷，讓愧疚、自責繼續絆住自己。

那要怎樣寬恕自己？

不要再有自責、愧疚的心！

給予自己肯定語句：「我選擇寬恕我自己！」

如果有些人在關係上曾經遭受極大的痛苦，而不想再一次去面對那痛苦事件，那怎麼寬恕對方？

「關係」的問題最好事先進行寬恕，之後再釋放自己內在的負能量會較容易。但對某些人而言，有些強烈、深刻的心靈創傷是無法馬上被療癒的。甚至經過一段長時間，他還不願意面對這創傷，更不用提寬恕了。這時最好的方式就是，先釋放這些傷害所帶來的負面能量，徹底釋放掉之後，再進行寬恕。講到「療癒」部分我會教你們怎麼做。

喜悅

祢們在前面說到，要從關係課題畢業其實很簡單，只要學會寬恕與愛。也講到靈魂要提昇的條件是讓心中有足夠的愛、時刻處於喜悅、療癒靈魂傷痕。現在祢們打算講哪一個主題？

先來講喜悅。
你們很多人或許會感到一時的高興、快樂，卻很少時刻保持喜悅。喜悅可說是從你的內在自然散發出來的一種正面的情緒，這種情緒是不需要理由的，也就是自然而然莫名的快樂。

也就是說喜悅與高興、快樂兩者不太一樣？

你們覺得高興或是快樂其實應該都算是同一回事，當你們有這一種情緒時，通常都是基於某些理由，而讓你的身體自然散發出這一種頻率。但是喜悅是不需要理由的。

所以我中了大獎，那只能說是高興而不是喜悅囉？我通過重要的考試，那也是高興而不是喜悅囉？

ya，不是說你們的文字詞語該這樣解釋，而是說我們是

這樣解釋「喜悅」。當我們說喜悅的時候，這一個「喜悅」的意思就是如此。

一個母親看著她的小寶貝是喜悅。一個人微笑的看著他的愛犬是喜悅。有人看著天上的雲彩，從內心發出一抹微笑那是喜悅。有人看著一望無際的碧海藍天，心裡一陣舒坦的感覺那也是喜悅。這樣你懂我們說的，何謂「喜悅」嗎？

有點瞭解了。有時只是一陣微風吹來，享受那一瞬間的感覺，也算是一種喜悅囉？

是的！這樣你懂了嗎？喜悅是一種非刻意的、從內在發出來的感覺。它不是讓你大笑，而是讓你不自主的發出微笑。這種微笑充滿祥和、充滿寧靜，這種喜悅就是我們要你們時刻保持的「喜悅」。

如此的喜悅如果能時刻保持，那麼你自然就是心情舒坦，自然減少負面情緒。如果你讓這樣的喜悅時刻保持，那麼就算有些事情困擾著你，你也很容易讓這事情得到解決。

我想不出喜悅與問題容易解決有關係？

當然有。如果你能時刻保持喜悅，那麼對於任何事情的發生，會較容易心平氣和的看待。用平靜的心去看事情，角度自然不一樣。這樣的話，事情的問題所在自然

看得較清楚，也較容易找出解決方式。一個能時刻處於喜悅的人，他必然有足夠的包容力，那麼很多紛爭就更容易遏止。

好像這「喜悅」挺重要的，竟然可以影響那麼大。不過想想，很多書籍都教導我們，心要時刻保持平靜，甚至把平靜當成是一個很大的功課，這樣看來平靜與喜悅似乎是差不多的意思。

不！喜悅是比平靜更上一層的修為。

祢們都時刻保持喜悅嗎？

那當然！

那祢們的喜悅與我們一樣嗎？

當然不一樣，我們的喜悅對靈魂而言是很強烈的喜悅狀態，我們無法一刻不喜悅。

那我們可以像祢們一樣喜悅嗎？

這是不可能的，因為你們還沒到這境界。靈魂更高層次的喜悅你們目前無法體會，那對你們而言絕對是一種狂喜狀態。

那我們怎樣可以時刻保持我們做得到的喜悅？

當你學會愛你自己，而且了解你永遠是被神所愛的，你就會有一股喜悅從心中出來。

這你們在前面好像已經提過了！可以告訴我們關於「如何愛自己」更具體一點的方法嗎？

愛你自己，就從肯定你自己、對自己有自信開始。你必須肯定你自己是獨一無二的個體，肯定你是上帝的完美創造，肯定你所有的一切。

不斷告訴自己：「我愛我自己所有的一切，我值得被愛。」

如果你認為自己長得不漂亮那麼告訴自己：「我是上帝所創造的完美存在。」

如果你認為不如別人、不夠聰明……，那麼告訴你自己：「我是獨一無二的個體，我以最完美的狀態存在著。」

我們要再重複的說：「你不需要活在別人的眼光下，你不需要藉由別人來定義你。你是獨特的、你是自由的。唯一你要的定義，就是你自己對自己的定義。而且諸佛、菩薩永遠愛著你。」

雖然很多人都知道這道理，但是還是無法認為自己是祢們說的那樣，還是無法真正的肯定自己。

那我要你寫下來，寫出對自己的肯定語句，每天不斷的告訴自己。

可以再舉一些例句嗎？

「我的人生是有價值的，我信任我自己的價值。」

「我是完美的、充滿智慧的。」

「我愛我自己、我肯定我自己、我值得被愛、我的人生充滿喜悅。」

「我是自由自在的個體，我敞開我的心去愛別人，也接受他人的愛。」

你可以再列出個一百句，只要你認為需要的話。

市面上有一本書書名是「喜悅之道」，內容提到如何愛自己、肯定自己、讓自己喜悅。裡面也列出三百多句的肯定語句，是否該買來看看？

可以！如果想要看看的話很好。很多高靈上師給了你們許多的訊息，你們可以選擇性的參考。

只要講這些肯定語句就可以了嗎？這樣真的有效嗎？

當你願意這樣告訴自己，每天不斷的重複告訴自己的時

候，就表示你的心念想要這樣。當你的心念想要如此，而且你的意圖足夠強大時，美好的事情就發生了。

有些書提到，用肯定語句，加上觀想，還要去做才會實現。

的確是如此！但我知道給予你們太多你們會無所適從，所以我只教你們用最簡單的方式 --- 複誦肯定語句。如果這一項你們能好好的做就很不錯了。

我瞭解了！祢們意思是如果我們願意去改善，只要藉由經常的念誦肯定語句就夠了。如果我們不願意去做，教太多也沒有用。

而我的經驗也是認為，因為這些最好是每天去做的，有時學太多項就真的不知該先做哪一項，久而久之到最後也是擱著。

嗯！你既然都一直要求要講最簡單、易懂的，那我們就先提出你們每個人都可以做到的。不要以為這些很簡單，而忽略這一些內容的價值性，好好去做就是了！

因為我看過許多關於靈性成長的書籍，我思量發現有些書籍無法很普及化，是因為很多人對那些書的內容還是一知半解。所以我一直請祢們講白話一點、講簡單一點。雖然祢們都用很簡單的描述，卻都有講到我要問的重點。

當你學會愛自己、肯定自己，你就會時刻處於自己的中心，你就會感受到一股平靜的力量。當你隨時保持平靜時，喜悅的感覺就出現了。

但要怎樣時刻保持喜悅呢？

當你不再懷疑自己對自己的愛，你不再懷疑自己所有一切，你不再懷疑是否被神所鍾愛，你只是全然的相信。而這相信的力量，就足夠讓你的內在非常平靜，讓你的心不會任意波動，這時喜悅的感覺就會一直持續著。這種喜悅呈現出的，就是一種很祥和的能量。

我們很愛你們，你知道嗎？

嗯！知道。永遠被菩薩愛著的感覺真好。

先結束喜悅這一主題了，可以嗎？

等等，未免太快了吧！我看到市面上翻譯的書籍，有兩本厚厚的書全部都在講「寬恕」。有一本書三百多頁全部都在講「喜悅」，講「關係」的更是一堆，內容有關「愛」的書是更多了。

那很好呀，表示你挺用功的多方涉獵。

那樣表示祢們未免講太少了吧！

你希望我們講多少才算夠？你看了那麼多書，有哪一本的書後練習是你認真做過的？

咦！被祢們發現了，的確是沒有。

你去網路下載一堆天使長的訊息，哪幾篇是你重複看過兩次的？

祢們怎都知道？真的是很少很少！

如果你用這種態度學習靈性提昇課程，在這一生結束後，你會發現你浪費很多時間在不必要的知識上面。也就是說，我們提供的訊息雖然不多，但是你願意好好的做，這些方法就很足夠了。比起你一直讓頭腦吸收許多對你此生靈魂提昇幫助不大的訊息，你要做的應該是「行動」。

我知道了啦！那該稱讚祢們傳達的是精簡扼要、簡潔有力囉！

那倒不必！你的稱讚對我們一點意義也沒有。哈哈…。

愛

愛是上帝的創造能量！
愛是無條件的！
愛是無限的！
愛是無止盡的！
愛是所有一切！

我很愛你，很愛很愛你…。

「我是雨水觀音菩薩，因為愛、慈悲、願力，我來到這裡。」

今天我要來為你說「愛」。

愛是這宇宙最偉大的能量。
愛是你們宇宙出生之前即存在的能量。
愛是看不到摸不著的卻能由你的心感受得到。
愛是遍佈在一切虛空的能量。
愛即是那不可思議的一切創造源頭的化身。
愛即是佛、菩薩的慈悲。

如果你要我說愛是什麼，那我要告訴你愛即是一切一切
的源頭。

如果你要我說愛是什麼，那我要告訴你愛即是上帝的能量。
我今天到此為你說「愛」，「愛」包涵太廣太廣，以至
於無法言盡。

**如果說你們真的想要瞭解何謂愛，那麼就放開心胸來聽
我細說。**

「愛即是所有一切。」

愛是祥和、寧靜、自在、喜悅、幸福、滿足……所有正
面能量的集合體。
愛是恐懼、仇恨、悲傷、憤怒、痛苦、毀滅……所有負
面能量的集合體。

愛是佛陀、基督，愛是魔鬼、撒旦。
愛是天堂，愛是地獄。
愛是新生，愛是死亡。
愛是喜樂，愛是悲苦。

愛是上帝的創造能量，祂用愛創造所有一切一切，所有
一切一切即是愛。

「將你的心胸再放大一些！放開一些！」

愛是仇恨鬥爭的元素。
愛是悲傷血淚的因子。
愛是痛苦掙扎的催化劑。

愛是嫉妒毀滅的燃料。
愛是一團燒盡世界的烈火。
愛是所有怨魂的吶喊。
愛是無盡的煉獄與地獄存在的理由。

愛是輕柔的微風。
愛是盛開的花朵。
愛是青青的草原。
愛是自由翱翔的鳥。
愛是嬰兒紅潤的臉頰。
愛是孩童清澈無邪的眼睛。
愛是母親溫柔的呵護。
愛是你輕輕的一笑。

「愛即是一切一切，一切一切即是愛。」

「上帝即是一切一切，一切一切即是上帝。」

「上帝即是愛，愛即是上帝。」

這樣可以理解愛嗎？

當然完全不！

ya…，有那一句不了解的？

祢們不是說要講簡單一點嗎？怎麼越講越複雜了？

這是對「愛」的最簡單解釋啦。

祢們之前講到說靈魂要有足夠的愛、時刻保持喜悅、傷痕被療癒，那麼就可以提昇不是嗎？

是呀！

祢們也說要從「關係課題」畢業，必須學會寬恕與愛。是吧？

是呀！

祢們還說一個人肉體死亡之後，回復到靈魂狀態，靈魂如果意識夠高，它便知道該往何處去。如果意識還不夠高，它可能就茫然不知何從。如果兩個靈體的體驗與學習都差不多時，哪一個靈魂學得更多的「愛」時，它的意識就會較高。

是呀！

那麼只要講關於以上幾點的「愛」就好了。

你真的只想知道這樣嗎？不想知道多一點嗎？

好吧！那請祢簡單解釋，「愛」為何是魔鬼、撒旦？為

何是地獄、死亡、悲苦？又是燒盡世界的烈火？又是冤魂的吶喊？

怎麼？不是要你將心胸再放大一些，放開一些嗎？

這樣的愛很難懂，聽起來也挺可怕的！

我不是要講得很難讓你聽不懂，而是你們對愛的理解太少太淺。如果你們認為愛就是你們目前大多數人所認為的愛，那麼你們就無法真正了解愛，也無法展現進一步的愛。

那請繼續說吧！

一切創造源頭，也就是你們所稱的上帝，用祂的能量創造出所有一切一切，而這能量就是「愛的能量」。在你們的宇宙被創造出來之前，祂已經創造了許多個宇宙，所以這愛的能量在你們的宇宙被創造之前即存在。

祂將自己的一部分，分成無數個小靈魂，每一個小靈魂的能量都是愛的能量。所以可以說「上帝」就是愛。

祂創造的這些小靈魂，開始在宇宙的各個空間體驗。小靈魂本來只是一個單純的能量存在體，在體驗過程中小靈魂開始學習。小靈魂學會了高興也學會了悲傷，小靈魂學會了爭吵也學會了體諒。小靈魂繼續學習，它還學到了恐懼與平靜，仇恨與寬恕。所有的學習都是來自於

與眾多靈魂共同的互動而體驗到的。

小靈魂進入到第三次元的肉體世界後，本來不知道悲傷是什麼感覺的它，看到同伴的肉體死亡，冰冷的身體已經無法回應任何呼喚，它心裡起了一種情緒。本來不知道什麼是孤單的它，在同伴死亡一陣子後，心裡面又起了另一種情緒。

小靈魂繼續學習、體驗，當它體驗越多也學習得越多，學習越多也就體驗得更多。再來它體驗到恐懼、憤怒、仇恨、悲傷、嫉妒、痛苦，當然也體驗到喜樂、平安、幸福……。

小靈魂離開肉體回到靈魂狀態之後，因為種種負面能量的糾纏，種種負面回憶在心中重複播放，它讓自己心靈被腐蝕如身在地獄。

小靈魂一直在肉體與靈魂狀態之間循環，也一直經歷各種負面與正面情緒。

小靈魂永遠不知道，所有它曾經有的一切情緒都是源自於愛。因為所有這些負面情緒的源頭都是愛，除非有這樣的認知，它才能擺脫這些情緒。它才能知道原來上帝不是要讓它痛苦，原來上帝創造這一切都是因為愛。是小靈魂及眾多的靈魂，將這些愛的能量扭曲，成為其它所有負面的能量。

恐懼來自於愛。因為愛所以會產生恐懼，因為愛所以會恐懼失去，因為愛所以會害怕被傷害。

悲傷來自於愛。因為愛所以有悲傷的情緒，因為有愛所以會對一些發生的事件感到傷心。

嫉妒更是起源於愛。因為有愛所以才有嫉妒心，因為愛所以嫉妒之火才燃燒得起來。

因為愛自己，因為愛別人，因為愛自己的親人，因為愛自己的族人，以至於愛自己的同胞，愛自己的家園，愛自己的寵物，愛自己的物品。所以當失去這些時會感到悲傷；當這些人、物被傷害時會產生仇恨心；當得不到這些人的愛時會有失落、寂寞感；當愛人移情別戀，失去愛人的心時會有嫉妒感。

當這負面情緒到一定程度時甚至起毀滅心，想毀滅自己、想毀滅別人、想毀滅一切，來逃避自己難以負荷的負面能量。

因為愛，因為愛，因為愛……，這些帶著極大的怨恨心的靈魂在地獄裡、在煉獄裡、在痛苦裡一遍又一遍的吶喊掙扎。因為它們被負面情緒、負面回憶搞得已經痛不欲生，已經將近瘋狂，已經………。

而總總這些負面情緒都是「對愛的需求」、都是因為「失去愛」而來的、都是「不被愛」的情緒移轉、都是

「愛的扭曲變形」，你說哪一項負面情緒不是愛？

所有負面情緒都是源自於愛！因為愛，所以靈魂會在烈火焚燒的煉獄、會在無盡痛苦的地獄，難道愛不是這些地方存在的理由嗎？

這一次真是服了祢們了！竟然能將「愛」這樣解釋，而且讓我不知該怎反駁。

祢們在「愛」這一章講的方式好像跟以往不太一樣。

我們隨時可以轉換我們要說什麼，用甚樣的方式說。所以你們去猜想前後文是否同一個人所說的，是完全沒有必要的。我們可以將文句講得很粗俗、很聳動，也可以很優雅，但還是同樣是我們兩個人講的。你們是什麼樣的人，我們就以什麼樣的方式為你們「說法」。

祢們少解釋了一句，愛為何是魔鬼、撒旦？

因為有愛，所以人會做出非常瘋狂、失去理智的事，就如魔鬼或是撒旦的行為。所以說，愛是魔鬼、撒旦。

我完全可以理解祢們要表達什麼。但如果有個為惡的人，會不會將所做的壞事當成是愛的藉口？

你既然已經說是愛的藉口，那就表示真的只是以愛為藉口，不能代表他的行為應該被認同。

如果說恐懼、仇恨、悲傷、憤怒、痛苦、毀滅……所有負面能量都是愛，那是正確的。但只能說這些負能量是愛的一部分，而不是愛的全部，只能說這些能量是「被扭曲的愛」，是「變形的愛」。

祢們前面說到：「小靈魂永遠不知道，所有它曾經有的一切情緒，都是源自於愛。因為所有這些負面情緒的源頭都是愛。除非有這樣的認知，它才能擺脫這些情緒。它才能知道原來上帝不是要讓它痛苦，原來上帝創造這一切都是因為愛。」可以解釋為何說，有這樣的認知就能擺脫這些情緒嗎？

當你們認知到，這些令你們痛苦的負面情緒都是源自於愛，你們就可以去剖析你每一個行為、每一個思想、意念是為何而來。當你知道這些所為何來的因素都是因為愛，就能更輕易的釋放了。

有這麼簡單嗎？如果我討厭某一個人，因為這人的行為一直干擾到我或是干擾到別人，那麼我就能找出我討厭他的源頭是因為愛？然後我就可以輕易的釋放掉討厭他的情緒？

我們一起來試著推演看看。假設你討厭某一個人，是因為他經常為了方便而將垃圾丟在你們住家附近，造成你和鄰居的困擾。你因為他的行為而感到生氣，甚至你也替你的鄰居抱不平。

這時你仔細思考，你的生氣的源頭是什麼？是因為這人的行為？是因為你愛自己的住家整潔？是因為你愛鄰居們？

祢說的原因都是。

我來告訴你這事情的順序，你再思考看看。

你因為愛自己及家人，你希望你們都能生活在一個舒適的環境裡，所以你會去清理你的住宅內外環境保持住家整潔。當有人隨意亂丟垃圾在你住家附近，你就會開始覺得不舒服，因為與你喜愛的環境有些不協調了。然後你就開始為這一隨意丟垃圾的事件感到氣憤，然後你覺得這人很沒公德心而開始討厭他。

同樣的，因為你與鄰居關係不錯，你也愛他們。所以當這一亂丟垃圾事件造成他們困擾時，你就開始為他們感到氣憤，然後你更討厭那一位沒公德心的人。

祢要說的是，我會討厭這一個人，最開始的原因是因為我愛自己、家人、鄰居。

是的！
如果你也很討厭你的鄰居，那麼這人只把垃圾丟在你鄰居的門口，你還會氣憤嗎？

說真的，不會！甚至我會暗自竊喜。

哈哈，這樣源頭不就是因為愛嗎？

這樣說的話的確是因為愛！因為我愛自己家，所以不希望他影響我家環境。如果我不愛鄰居，我就不會在意他對鄰居所做的行為。但是這樣的理解並不能阻止我討厭他這樣的行為，更不用說能輕易釋放我的憤怒情緒。

你的心原本因為愛而自在從容，但是因為這件事你讓自己「氣憤」，甚至起了「抱怨心」。

就如原本你有一百分滿滿的愛，愛自己、愛家人、愛鄰人……。但這「愛」因為一個事件，而令你產生憤怒甚至討厭某人。你原本單純的心裡面不再只是被愛充滿，而是開始有了氣憤與抱怨的能量。你們小靈魂初生之初就是有一百分滿滿的愛呀！

我知道祢們要表達什麼了！
原本我的能量場就是滿滿的愛，為何我要讓「氣憤」與「抱怨」的能量進入我的能量場呢？其實決定要不要讓氣憤與抱怨的能量進入我自己能量場的人是我。

是的！你終於懂了。對任何一個事件你可以決定要不要產生憤怒、悲傷或恐懼，這些都是你自己可以決定的。雖然你的這些負面情緒是其他人或外在事件所引起的，但你可以決定要不要讓自己產生這些情緒，或是讓這些情緒停留多久。

所以針對上面的例子。某人沒公德心亂丟垃圾在我家附近，我可以選擇要不要產生氣憤或是要不要討厭他。

是的。你不喜歡這一個人的行為所造成的這一事件，但不一定要選擇讓自己產生氣憤或是抱怨情緒來傷害你自己。你因為愛自己而又產生這些負面情緒傷害自己，這樣不是很矛盾嗎！

可是這樣好像很難耶！不生氣很難耶！

我沒說你不可以生氣，事實上你可以表達你的憤怒。如果你無法用另一種想法來讓憤怒情緒得到釋放的話，那麼你應該將憤怒情緒表達出來，而不是壓抑。但是這憤怒，不應該殃及無辜的人。最好是將這憤怒的能量化成行動！不是說你該找這人爭吵，或是做出不理智的舉動。而是說你可以去行動，而且用和諧的方式解決這問題。

我知道了，也許我們可以貼告示警告說我們已經注意很久了。也許我可以跟鄰居一起去找他，或是請村里長去找他。如果他不承認的話，我們就是不睡覺也要留守拍照存證，然後送環保局檢舉。

哈哈哈……。
有時換個角度去想，事情就較容易解決，而不需要讓自己氣憤，或不要讓氣憤的情緒停留太久。

就以失戀來說好了，你們可以決定要傷心多久、自貶多

久不是嗎？可是很多人卻習慣沉浸在那一種悲傷自憐之中，甚至有更激烈的行為。

不是當事人，可能無法體會失戀人的痛苦吧！

你認為因為我們不是當事人，所以無法體會，只會用講的。套句你們經常說的話：「說的比做的容易。」是嗎？

我可不敢這樣說。只是剛不小心冒出這樣一個念頭，又被祢們抓到啦！

不僅是失戀這一項，而是每一件事都可以套用，你可以選擇要讓什麼情緒進入你內在，或是讓這情緒停留多久。如果有人失去親人當然他會悲傷，但他可以選擇讓悲傷停留多久不是嗎？事實上，他悲傷越久對自己或任何人都沒有好處的。

當你認知到你每一個行為、每一個思想、意念是源自於愛，這些令你痛苦的負面情緒，你不覺得就能更輕易的釋放了嗎？

我再試著說看看。
假如我做了一件事因為意外造成一個陌生人死亡，雖非我的本意但我卻一直自責。我認知到這一個事件我會自責的原因是因為........，是因為........。

我來說好了。假設你因為意外，造成一個你不認識的人

車禍死亡。你會自責、難過的原因不是因為你愛對方，因為你根本不認識他，而是因為你愛自己。你不希望讓自己的生命中蒙上任何陰影或是污點，你不希望你自己成為別人受到傷害或死亡的原因。如果這個「你」換成一個你不認識的人，你還會如此自責難過嗎？

嗯，這樣說的確是因為我愛自己，我剛才還真的想不出這自責的情緒跟愛有關。如果這一事件不是我造成的，只是從電視上看到兩個陌生的人發生車禍，那我就不會自責難過了。

你們所有人都是這樣，沒有身歷其境，就不會有如此的情緒。但這並不表示你們就沒有愛心。

這一個事件，你是會很自責難過，但是我只能說這樣的情緒於事無補。如果你了解自責最終的源頭是因為你愛自己，那麼你就不應該讓自己自責難過太久，因為這樣的情緒對你也會有很大的傷害。

我知道了，我因為愛自己，而不願意這種事發生在自己身上，所以我也不應該讓這負面情緒停留太久，而傷害自己。最好就是試著去修正。

嗯！

但這樣好像有一個問題，如果有人因為祢們這樣說，就不去注意自己的行為，而任意而行。甚至對他人造成了

傷害，也不感到有任何自責愧疚……。

你應該再回到前面「寬恕」那一章好好看看。如果這樣一個人，他任意而行，就表示他是故意的。他就會造很大的業力，將來他就得去承受業報。

那現在是否可以教我們，「如何有足夠的愛」？

嗯！首先你已經知道了，愛其實是所有善與惡的能量總和，只是你們通常不會稱負面的能量為愛。但你已經知道負面能量其實也是愛，那麼我們就可以開始講，如何讓自己有足夠的愛。

要讓心中有足夠的愛，最重要的、也是最必須要的，就是「先愛自己」。假如你已經照之前所說的開始學會愛自己，那麼接下來就是要學會「敞開你的心」。

敞開你的心去愛。敞開你的心去看世間的美好，敞開你的心去欣賞一朵花的美，敞開你的心去欣賞夕陽的雲彩，敞開你的心欣賞月光靜靜的照在湖上，敞開你的心去欣賞孩童的笑靨。敞開你的心去接受世間的一切美好事物。

這樣挺簡單的，美好的事物大家都喜歡！

真的簡單嗎？你們想看看自己已經有多久沒停下十分鐘去欣賞夕陽或月亮？想看看自己已經有多久沒聞到花

香？想看看自己已經有多久沒做自己很喜歡的事 --- 比如靜靜的喝杯咖啡，或去聽一場音樂會。

現代人的確非常忙碌，尤其住在都會的人，要停下匆忙的腳步真的很不容易。有些人必須等到難得的連續假期，才會有時間去做自己喜歡的事。

我說的不是你們非得去郊外旅遊接近大自然。而是這一生，你花多少時間在自己覺得美好的事物上。

看電視也算嗎？有人特別喜歡看電視，所以他用假日時間來看電視。

他已經沒有更好的選擇嗎？我假設他有一個長假，而且有足夠的錢，又沒任何其它負擔，他還會選擇在家看電視嗎？我認為有些人選擇在家看電視，是因為他不想出門花錢，或是有事情走不開，或是他不喜歡接近人群，或是他的工作已經讓他疲憊不堪，他只想在家休息。如果這些因素都排除，他還會想整天在家看電視嗎？

現在你想想，如果你有足夠的金錢和時間，而且你完全的自由，沒有任何責任負擔。這時你會想做什麼事？

我會去學做好吃的料理。我會去海邊喝杯咖啡看看書、看夕陽。我會去看場電影或表演。我會開車去花東海岸看看大海。去南台灣的滿州看赤腹鷹過境。去綠島看星星。出國旅遊......。

那就去做吧！有幾項其實不用等到你有長假或有錢，現在就可以做了！你還在等什麼？

你們有些人想學繪畫，這不用等到退休，現在就可以馬上行動了。你想學做料理，去網路看看教學，買些食材不就可以開始做了。

你們總把事情複雜化，總喜歡說等我退休，等小孩長大一點，等………，一等再等。

有些事情總要有規劃，不是說現在想出國就花大錢出國，這樣以後可能負債累累。

我沒說你們一定要去做花大錢的事呀！很多你們想做的事情，事實上根本不需要花什麼錢，只是你們願不願意去行動罷了！

就去做！就去做！想做就去做！

把時間花在美好的事物上，而不是以看電視、打電玩、上網隨意瀏覽……，做些你既不是很喜歡也對你無意義的事情來打發時間。我知道你以前很喜歡在晚上點著小蠟燭、聽爵士樂、喝杯葡萄酒，這樣的時光不是挺愜意嗎？你最近幾年為什麼不這樣做了？

對喔！我這幾年真的忘記享受孤單是那麼簡單了。
但這跟是否有足夠的愛有關嗎？

當然有！

如果你能敞開心胸去做事，不管你想做什麼，儘管的敞開心去做。雖然你會有顧慮，但是有時太多的顧慮都是不必要的。

敞開心……敞開心……敞開心……，當你能敞開心對待自己，你就學會敞開新一步了。

這就是要達到「足夠的愛」之前的步驟。先愛自己，再來敞開心去愛 --- 先對自己敞開心、再對別人敞開心、再對萬物敞開心。

再來呢？

隨時敞開心做些讓自己感到自在、高興的事，甚至是敞開心讓別人愛你。

當你能對自己這樣敞開心，就可以進行下一步 --- 對別人敞開心。

對別人敞開心，不是說你非得去擁抱每一個人，或是強迫自己去愛每一個人。而是你要敞開心融入人群，在人群裡也能自在從容。

這樣我有疑問！為何要融入人群呢？這樣說，那些喜歡熱鬧交際的人，不就是最能對別人敞開心的人？反倒那些喜歡享受孤獨，但是其實很有愛心的人就不夠敞開？

等我說完全部你就會理解了。

敞開心對待別人，不是說你要成為一個善於社交的人，而是你要真誠的去對待別人。敞開心融入人群的意思，是你要能在人群裡自在從容，而不是說你非得一直處在人群裡。

敞開心融入人群，在人群裡也能自在從容。有兩個意義：
第一是對自己敞開心接納自己。不管在人群裡，眾人怎麼看你，你一樣能感到從容自在。
第二是讓自己敞開心接納別人。就算在人群裡，也能感到從容自在。

我知道你們有些人不習慣待在人群裡，或是說她在眾人面前就會覺得不自在。這是因為她無法接納自己。

就好像有人穿著一套數百元的服裝，她就不敢進入到一個穿著滿是名牌的聚會裡。有人是收入不穩定的工人，他就不喜歡或不敢進入都是企業家的同學聚會裡。有人身材過胖，她就不敢參加某些聚會或是在一些場合出現。

你們經常用金錢、職業、外表、身份地位、權勢，來定義自己、定義別人。如果你們繼續用這些來定義自己和別人，那麼你就很難敞開心。

敞開心意謂著，你必須讓自己接納自己，不論你自己的身份地位、職業、金錢、外表……。

敞開心意謂著，你必須讓自己接納別人，不論你自己的身份地位、職業、金錢、外表……。

敞開心意謂著，你必須讓自己接納別人，不論別人的身份地位、職業、金錢、外表……。

如果你準備好更進一步對別人敞開心，那麼除了不再以你們人間的定義（身份地位、職業、金錢、外表…），來定義自己及他人之外，再來就是真誠待人。一個人待人是否誠心誠意，其實你們大多數人都能感覺得到。你無法不真誠待人而愛別人，所以真誠是很重要的。

如果我已經敞開心讓自己去接納別人，不論他們的身份地位、職業、金錢、外表……。而對方團體也對我很真誠，但我還是無法在他們的團體裡感到從容自在。那怎麼辦？

你要表達的是，對某些團體，儘管你們彼此不以對方的身份地位、職業、金錢、外表……，來定義彼此。但你還是無法在他們的團體裡感到從容自在？

是的！我與他們就是格格不入，講話不投機、沒共同話題。雖然大家處得算是不錯，但是我想我不會再去參加他們的聚會了。

這問題出在你自己！

我們說：「讓自己敞開心接納別人，就算在人群裡也能感到從容自在。」不是說，你就必須經常去參加團體聚會，或是強迫自己經常處於人群之中。而是說，當你已經敞開你的心接納別人時，你在任何團體裡都能感到從容自在。

事實上許多你們不想去的聚會，你們就應該拒絕參加，不要因為不好意思而強迫自己。但是一旦你決定去參加，或是說你去到一個大眾場合，而你是帶著一顆敞開的心去，那麼你就應該會感到從容自在。

你說你已經敞開心接納別人，又說與他們格格不入、話不投機，那就表示你根本沒真的敞開心接納他們。如果這團體的人都令你感到很陌生，或是你們沒有共同話題，那不妨就當個傾聽者。既然你說大家處得算是不錯，那麼表示這團體是個正當的聚會。既然是這樣，那就算是去感受當地氣氛，聽聽別人說什麼，也可以很自在呀！當然，你可以選擇下次不再參加，但既然那一次你參加了，就應該用如此的心態才是。

一個真正的大師，在任何時刻、任何地點無不是自在從容。

那對別人敞開心之後呢？難道對別人就有足夠的愛嗎？

當你願意敞開心對待別人，那表示你又向前一步了。
這時你要開始學習敞開心對待萬物。

我覺得對萬物敞開心，比對人敞開心好像更容易。

真的是這樣嗎？你不會批評哪隻狗長得很醜嗎？

啊....！

對待萬物，如果你都能不以批判、比較之心對待，那才算是敞開心。這樣你懂了嗎？

不要去批判哪種動物是否美醜，不要去評論哪一種花更美麗，不要去說哪一種鳥較可愛，因為牠(它)們都如牠(它)們所是的存在。牠(它)們就以牠(它)們所是的樣子存在著，你去評論是沒有必要且沒有意義的。

再說，你們看到別人穿著搭配也任意批評，對他人生活品味也批評，批評這、批評那………，那樣你們真的能對萬物敞開心嗎？

對萬物敞開心，就是尊重萬物所存在的樣子。尊重每一植物、動物、山川、河流……所存在的樣子，然後接受它們的樣子。即使你不喜歡它們，你也能接受上帝創造它們的本來之貌。

如此，你不管處於何處，無論山林曠野、都會城市、……，你都能隨性自在地去欣賞所有一切 --- 不管是造物主創造的，還是你們人類製造出來的各種各式產品。即使你認為它們不好看、不實用，或是你一點也不喜歡這

樣的設計、搭配或顏色。但你都能接納，而不批判或以嫌惡的態度去看它們。這樣的心胸就是了！懂嗎？

就是要對已經被造出來的東西 --- 不管是上帝創造的天然物，或是人類創造的人工產品。既然它們已經被創造出來，我都該接受它們被創造出來的樣子。而不該用自己的眼光或看法，去批評或產生任何比較心、嫌惡心。這樣才算是對萬物敞開心？

是的，就是這樣！
「心中有愛，萬物皆美。」
所以敞開心對待萬物也是達到愛的步驟。

但我如果不喜歡一樣東西，我很難假裝我喜歡，或是認為它很美。

你不需要喜歡所有的東西，但是你要能接受這些東西的本來樣子。只要收起你的批判心、比較心，你就可以達到。當你不再批判、比較，而靜靜的去觀察所有萬物的存在，漸漸的去欣賞萬物的美，對於你不喜歡的你就去「祝福」它。

如果我不喜歡一張桌子，我也要祝福它？

是的！祝福你不喜歡的，也祝福你喜歡的！祝福是很好的能量，祝福就像是一個小小的火星，但足以點燃心中的愛。

這樣就可以了嗎？這樣就可以有「足夠的愛」嗎？

「這樣就可以了嗎？」你以為你們都做到了嗎？好好去體會，你們還有很多要學的！這樣的愛只是很基本的愛，但對你們很多人而言，卻已經很難達到。

當你認真去這樣做，時時刻刻這樣敞開你的心去對待自己、每一個人、萬物。那麼你就會在所有地方看到愛、感受到愛。

你在孩童清澈無邪的眼睛裡看到愛。
你在盛開的花朵裡看到愛。
你看自由翱翔的鳥是愛。
你看嬰兒紅潤的臉頰是愛。
你在母親溫柔的呵護中感受到愛。
你在輕柔的微風中感受到愛。
你的輕輕一笑就是愛。
更大的愛是無條件的！是無限的！是無止盡的！
要說真正的「愛」，用千萬字也無法道盡。

這裡我再說一遍，敞開你的心去愛，愛自己、愛別人、也愛萬物。

當然還有一項很重要的，就是：「**我們從來沒停止愛你們。敞開心接受我們的愛、接受神的愛、接受上帝的愛，讓我們愛你。**」

還有一項就是：「敞開心愛祢們，愛神，愛上帝，讓我愛祢們」

嗯！接得好。果然經過多日相處，已經心有靈犀。
再來敞開你的心，去看看世間有什麼需要你的，敞開你的心看看你能為這世界做什麼。

這樣就夠了！對你們目前而言這樣已經夠了！

祢是說我們不需要做到「無條件的愛」？

那是更進階了！如果你只想要提昇到第五次元，以上的愛就夠了！聽起來雖然簡單，但你們地球很多人還是沒做到足夠好！

你們每個人內在其實都有無盡的愛，就如上帝最初創造你們一般。你們很多人忘記展現愛，你們有時似乎變得冷漠，其實你們隨時都可以再找回你原本的愛，隨時都可以展現你的愛。藉由知道你是神之子，藉由知道你擁有神無盡的愛。

你原本就是愛的化身，你無法不是愛。只是你忘記你是愛，你遠離了單純、純淨的愛，但你還是擁有愛，愛不會離開你。

記得你就是愛，你就可以將內在的愛展現出來。

我現在教你，如何接收神之愛進入你的內在。

＊＊＊＊＊＊＊＊＊＊

想像你現在全身被神之愛充滿，那種愛是柔和的，是平靜的。

你現在可以呼請神、呼請所有光的上師們。
你給予祂們愛，告訴祂們你很愛祂們。

你感到一陣能量流進入你的內在，這是神回饋你的愛，這是上師給予你的愛。

靜靜去感受那一股能量流。你可以知道你擁有整個宇宙最美好的能量，那就是愛。

＊＊＊＊＊＊＊＊＊＊

創造

小靈魂從上帝的懷抱出來之後，體驗、學習、創造、提昇，都是無可避免的，都是必經的過程。

「創造」這一名詞，你可以用你們物質世界的角度去詮釋，或是用更高靈性層次去詮釋它。

如果你們用第三次元物質世界的解釋，就是你們思考計劃某些東西或事情。讓某些東西被製做出來，或讓某些事情成為可能、成為事實。你們認為這樣就是創造。

用更高靈性層次詮釋，就是任何時刻你的思想、言行、舉止都是創造，也就是說你的一思、一言、一行都是在創造。你來這世界你可以隨意創造，創造你的個人特質、創造你想要的人生、創造你要的金錢、創造你想要的關係、創造你想要的人生伴侶、創造你想要的職業……。

祢們在前面說：「你們來地球沒有特別的目的，因為這不是你們所能選擇的。」現在祢們說：「你來這世界你可以隨意創造，創造你的個人特質、創造你想要的人生……。」那樣是否意謂著，即使我們不能選擇我們的人生藍圖，我們必須隨著業力而走，但我們卻能創造我

們的人生藍圖？

是的！就是這樣。

在你出生之前，你無法選擇要到哪一個家庭、怎樣的父母、兄弟，你無法選擇生在哪一個國家，你無法事先規劃你這一生的藍圖。但你出生之後，你可以開始創造你的人生新藍圖。

那我們要如何創造呢？現在很多訊息告訴我們如何創造金錢、創造豐盛，但是我想好像不是如此容易，因為畢竟很多人都失敗了，甚至我也試過，卻沒創造出我要的豐盛。

你已經為自己創造很多出來了。你目前沒為自己創造出金錢，但你已經為自己創造出很豐盛的精神生活了，不是嗎？

那意謂著什麼意思？有的創造出得來，有的創造卻出不來？

不是的。那意謂著你內在想創造的是精神的豐盛，而非金錢的豐盛。也就是你不是很重視金錢，雖然你偶而會喊窮，而事實上你的存款也少得可憐，但是你其實對錢不是很在乎。這很大因素是來自於你過去世的性格，你個人喜歡的是在大自然裡自由自在。你自己也曾說過，若是給你一百億，然後要求你一輩子定居在台北市，你也不願意。

的確是如此，我寧可用更少更少的錢在鄉下過一生，也不願意去大都市久居。面對高樓水泥牆林立，難得看到田野、河流，我都覺得快得憂鬱症了。

你要學會處在任何地方都能自在從容。但我的意思不是要你強迫自己住在車水馬龍的大都市。你說你寧可有少一點的錢在鄉下久居，雖然你不是很刻意的一直說，但這是你很真誠的自我聲明、很強烈的意念。而你這樣的一個聲明，讓你就真的沒多少存款但過得去，而且住在鄉下挺自在的。

所以祢說我現在還是沒什麼錢，是我自己的意念、性格造成的？

不是嗎？

那祢可以用最簡單的方式，告訴我們如何才能最有效的創造？

你看的「與神對話」不管台灣版還是國外版，老神不是教你們很多很多了。

老神的話中總是隱藏著很多含意，我是看懂很多了，但是我還是質疑我到底哪裡出了錯誤？

我看過關於「創造」的書，怎麼看到別人都是成功的案例，在自己身上就是創造不出來。我想很多人與我一樣

有如此的感觸，這環節到底錯在哪裡呢？

我首先還是先講「創造」。因為將來接觸到這一本書的人，不一定了解何謂創造。但這些人，我建議可以先去看看你們目前市面上關於「創造」的一些書籍，雖然很多傳達的並非是完全正確的觀念，但你們還是可以參考參考。

「與神對話」、「老神再在」的老神也對你們說了很多關於「創造」，你們卻沒有好好照祂說的去做。「賽斯」也傳遞了很多關於「創造」給你們了，你們也沒認真聽進去。現在我們再用簡短的文字來說明「何謂創造」以及「如何創造」。

上帝以祂自己的一部分，分出所有小靈魂出來。這些小靈魂除了開始體驗、學習之外，他們還有一項能力就是「創造」。這是上帝給每一個小靈魂的禮物，祂讓所有的小靈魂都能擁有和祂一樣的這項能力。

但直到這一個年代，你們絕大多數人都還不知道上帝給你們的禮物有多珍貴、有多美好。現代有部分人，已經知道了這一項「秘密」，但是還是無法很有效的運用這一項禮物。其實這絕非秘密，在第五次元以上的存在們都知道「創造」是怎麼一回事。只是我們之前還不打算讓處在第三次元的地球人類知道得太多。

「創造」最偉大的解釋，你們可以說就是：「你向上帝要求什麼，上帝就會答應並將它顯化出來。」你也可以

說，這就是「上帝創造法則」或「宇宙創造法則」。

但重點是你該如何向上帝要求？這創造的方法要正確。以下幾點是你要「創造」就必須要學會的：

壹、你的信念要夠強。

如果你沒有這堅強的信念 --- 相信你所要求的上帝都會給你，那麼其它根本都不用再提了。

貳、你的思、言、行，必須一致。

例一：你想要很有錢。但是你老是說「我錢不夠用」，或是對他人說「我現在快窮死了」。買個東西對幾塊小零錢也計較。------ 失敗。
（註：我快被上師笑死了，祂們講「失敗」是在學一部港片的台詞。）

例二：你想要有個錢多、事少、離家近的工作。你卻常對你朋友說現在時機很差，有個工作餬口就不錯啦。你回家就是看電視、打電玩，根本不想增進自己的專業技能。------ 失敗。

例三：你希望能找到終生伴侶。你卻常對自己說我怎麼那麼胖，我的胸部不夠大，腿要細一點才好看，你又常跟朋友聊天說男人都是很重視外表的。------ 失敗。

你還沒遇到對象，你就先將自己打敗了！

參、你必須有耐心。

當你下了一個意念之後，你就經常在等結果。當等了一段時間，結果仍沒出來，你心裡就開始想：「怎不實現？怎不成功？」。你這樣想時，不就又下一個你不成功的意念了。

例：有人設定好他心中想要的伴侶條件，他也常對朋友表示他想要的什麼樣的伴侶，他更積極的參加單身交友聚會。到這裡，這一位仁兄似乎可以成功了，但經過兩個月他還沒遇到他設定的伴侶對象。這時他開始慌了。他可能心想：「我難道註定孤獨一生嗎？世上的好女人我怎都遇不到？」這裡他的意念又開始自我設限了，這當然又成為一個失敗的例子。

肆、不要隨意改變你要的結果。你向上帝祈求之後，你就不要隨意再更改。

例：有人想要買房子，他向上帝祈禱要求給他一間好房子。他設定好他想要的房屋地點、樣式、價格、地坪……。他與妻子討論關於房子的一切。他也積極的請仲介介紹或是自己上網搜尋。等了兩個月之後，他認為也許兩層樓房不夠，應該買三層樓的。又過了一個月，他認為應該離市場近一些更好。再過一個月，他又有新的想法……。

這不是說，你不可以更改你的要求，但就是因為你們經常更改，所以顯化就會一直延後。

伍、不要要求連你自己都不敢相信會做得到的。
例：你們很多男士想與台灣第一名模⋯⋯。
到此自己猜想，我就不再說了。

陸、要有足夠的光與愛。
當你靈魂有足夠的光與愛，你的創造能力會進步許多，顯化也會增快許多。

祢們今天還真是愛搞笑。

也就是說六項都俱足了，那麼就真的可以創造出我要求的？

當然！但也要你願意要求，大膽要求。

以前我似乎沒在其它書上看到第六項「要有足夠的光與愛」。

有這一項顯化會更快。

如果有人相信，他這一生會接觸到外星人，上他們的太空船去玩。而以上六點他都做到了，就真的會實現嗎？

當然有可能，現代登上外星人的太空船，會比登上你們地球人類的太空船容易。

如果說一個人對上帝的要求，會為他人帶來傷害呢，那上帝還是會答應嗎？

是的！上帝會答應所有的請求。

但是你們不用擔心有人學會「創造」之後，將這一項上帝的禮物誤用。事實上如果有人是居心不良，都得承受業力。而我們也不會讓這少數人的「創造」結果，為你們帶來很大的傷害。當我們早在決定將「創造的秘密」告訴你們時，就打算這樣做了。

所以祢們也是認為人類集體意識目前已經提高，才決定將這些訊息給我們？

當然是！

那我請問關於「福報」。我們台灣民間常說，一個人一生是否有錢，由他的累世福報決定的。那他可以沒有福報，但卻創造很多錢出來嗎？（註：我這裡講的福報是指好的果報，業力是指不好的果報。）

當然可以！
你可以這樣說，「福報」是他這一生在某個時間點，本來就可能會來到他的生命中的，不需要特別去祈求。而「創造」是你自己必須去做的。

業力也是一樣，在你這一生中某些時間點，自然會顯現

出來。

你能突然與我們連結，這樣跟我們聊天，就是你過去累世的福報累積的！

這樣我懂了！

所以現在每一個人都可以開始去創造他想要的人生，甚至為自己創造出金錢來？

是的！但以你們目前而言，從創造至顯化出來需要一段時間，你們要有耐心。

祢們總是能講得如此簡單，但是卻讓人一看就懂。

那當然！

釋放與療癒

之前說到靈魂需要被療癒。你們在過去累世，已經讓靈魂造成很多的創傷，這些創傷會一直留存在靈魂裡，除非靈魂被療癒。但要療癒靈魂之前，你們先要做的是釋放靈魂裡堆積的負面能量。這些負能量，可能是負面的情緒、思想、言語、畫面。這些負面的能量一直在你的靈魂裡面，以至於你每一世的肉體都會受到影響。你們有些人長期的頭痛，或是長期的身體不適卻找不出原因，這很多情況是來自於靈魂創傷。

我以前總是覺得頭部有一種沉重感，無論我是否有睡飽都是一樣。長期以來我已經習慣這樣，我也一直以為每個人都是這樣。習慣整天用腦的我，即使一個人放鬆時也是腦袋不停的轉，想東想西的，一刻也停不下來。

在我開始接觸靈性課程之後，我覺得頭部越來越輕，腦袋也越來越清明。以前愛胡思亂想停不下來的習慣，已經改善許多。現在總算能讓腦袋休息了，就好像換了一個頭似的，感覺真的很好。這跟我的靈魂有關嗎？

是的，你的頭腦有太多的思考，很多的思考對你都是無意義的。但是你已經習慣讓腦袋這樣一直運轉，這樣腦

袋不停的思考，你就會感覺頭部越來越沉重。這聽起來好像是與你這一世的肉體有關，但是實際上是你的靈魂還存留著多世的頭部創傷記憶。

你有一世是在戰亂中，頭部被擊中而死亡，死亡之前你還有一小段的時間感到非常痛苦，所以這一段痛苦記憶被你帶進了靈魂裡。

不是每一個痛苦記憶都會被帶進靈魂裡嗎？那我每一世死亡之前的痛苦，都會繼續困擾著我嗎？

雖然你們靈魂擁有所有的記憶，但是如果這些事件當時對它而言不是很深刻，通常就不會造成靈魂創傷。而你在這一段回憶裡有很大的恐懼與痛苦，所以就造成你靈魂的創傷，進而成為肉體的。

我以前看過「前世今生」那一本書，似乎也有相似的例子。

你不只在那一世的戰亂裡頭部受過傷。有一世的意外墜死，你也是讓整個身體受到很大的傷害，包括頭部。那一次你的骨頭也折斷得十分嚴重，那一世的傷害也還留存著。

那是不是表示，以後我的骨頭也會不舒服？

是的！因為那一時刻你也是有很深刻的痛苦。靈魂的深刻痛苦會造成傷痕，繼續留存在靈魂內，將來也會反映

到肉體上。

有些人常常感到骨頭痠痛卻不明原因，這也是嗎？

不明的肉體疼痛，有時是你們醫學還無法發現原因，很多時候卻是靈體干擾的緣故。

那麼靈魂傷痕如何能被療癒？

你們的傷其實都已經是過去世的事，不應該還留存著。就是說這些都已經是記憶的一部分了，雖然對靈魂而言，這些記憶非常深刻，但總是已經過去了。

這就宛如，有人這一生受到很大的傷害與恐懼，雖然已經過了數十年，這肉體的傷害早已經復原如初，但她卻將這恐懼繼續留存在心裡。

如果你們知道這已經是過去了，放手讓這一事件釋懷，不要再重複回憶這一段事件，而是告訴自己現在已經很平安了。那麼這一事件在靈魂裡，就不會再被反覆回憶造成創傷。

我可以這樣解釋嗎？一個女人生小孩時有很大的疼痛，但是這疼痛對她而言不是一段痛苦記憶，甚至在生完小孩後，她根本就不會再去介意這一疼痛了，所以這不會變成她的靈魂創傷？

是的！這樣解釋很恰當。就如有些調皮的小孩從樹上跌下來摔斷了手，幾年後他根本就完全忘記他曾經的痛，對他而言這只是一段記憶，甚至平時根本不會去回憶起這一段事件。這樣在靈魂裡就不會造成創傷。

也就是說靈魂不是真的受傷，而是這些情緒造成的記憶一直讓靈魂感到痛苦，這才是靈魂的創傷。

是的！
比如說，你們這一世如果怨恨或嫉妒某個人，而這怨恨或嫉妒心一直無法釋放，最後這些負能量會留在你的靈魂裡。

也就是某些負能量會留在靈魂，是因為比較深刻或是比較強大？

不是的，不需要很深刻就會留下。只是越深刻越強烈，造成的靈魂創傷會越大。

但是你們對於某些不是很強烈或很深刻的情緒，通常都能在一段時間之後釋懷，那這些負能量也就不會存在了。

我知道了，如果我過去幾年曾經討厭一個人，就只是討厭但沒有很深的怨恨。這幾年來我都沒遇到這個人，最近想到他，我原本討厭他的心也淡化了，或說已經沒了。本來這情緒已經留在靈魂裡，但因為我對他的負面情緒已經沒了，所以這情緒就不會繼續留存？

是的，就是這樣！所以當你們極度怨恨一個人，而面對他時怨恨心就無法釋懷，那麼最好的方式就是離開。

是這樣嗎？我們不是該去面對嗎？如果這關係沒有圓滿，不是以後會再繼續嗎？

有些關係不是說非得你去喜歡對方不可，如果這一段關係，你不管怎樣做都無法達到很圓滿的結果，有時分開會是更好的。

我舉個例：如果一個十歲大的女孩遭到他的繼父性侵害，她對他的怨恨與日俱增，但卻無法抵抗，直到十五歲她有能力可以照顧自己了。你認為她應該離開，還是繼續維持與他繼父的關係圓滿而留下來？

嗯，我瞭解了。那這女孩，祢建議怎樣對她最好？

離開她的繼父，然後這一生不要再受到這些事件影響，好好的重新創造自己的人生。不要自責，也不要讓自己有罪惡感，因為這不是這女孩的錯。然後寬恕她的繼父。

什麼？寬恕？祢應該說，然後要揭發她繼父的惡行，看到他受到法律制裁吧。

就是寬恕。

這女孩可以揭發她繼父的惡行，如果她有勇氣這樣做是

非常好的。如果因為這樣做，他的繼父能接受你們的法律制裁，而她也能平息憤怒的話，很好。但是這女孩還是要寬恕，因為透過寬恕她自己與寬恕她的繼父，他們這一段因果才會結束，這女孩的靈魂才能釋懷。但要這女孩準備好時再進行寬恕。

我想到了，祢們之前講到寬恕時有提到：「有些事對受害者是難以釋懷的，要讓你再度回憶起這些傷害，是一種很大的折磨。所以如果你至此無法進行下去的話，就先停止。」我現在藉由這例子，可以知道祢們當初所要表達的。

「寬恕」是一項很好的的療癒藥方。

面對你們今生的任何關係課題，你們都可以用「寬恕與愛」來讓這些關係圓滿。而藉由「寬恕與愛」，你們也可以從這些關係的傷害中走出來。看起來好像是你們「寬恕與愛」對方，事實上你們自己才是更大的受益者。

面對你們今生許多讓你們痛苦的事件，你們都應該盡量放手。

有些人失去小孩，夫妻終身都活在愧疚中，不管這是不是他們的錯，這一事件終究應該放手，該讓它走的就讓它走。如果繼續活在痛苦、悲傷、愧疚、自責……中，那麼只會造成更大的悲傷。面對許多事件的發生，之後用「愛與鼓勵」會更好。

任何事情都是一樣，你們這一生不應該再讓你的靈魂受傷了，因為你們靈魂已經存在很多的傷痕還未痊癒。

療癒你這一生的傷痕最好的方式就是釋放，釋放你的負面情緒、釋放你的負面想法、釋放你心中的負面言語（不管你聽到的或是你想說的）、釋放負面的畫面。然後盡量讓這些事情釋懷，不是刻意讓自己忘掉，而是釋懷。你們不是常說讓時間沖淡一切嗎？這樣是可以的！

面對這一生的創傷我們該如何釋放？

藉由『愛、寬恕、意念』都可以達到釋放的效果。

意念釋放的方式 --- 你可以在心中觀想，你這一生感到有負面能量的人、事件、物，將他們或它們一次一個帶到你的面前。對他們或它們說：「你們曾經造成我的痛苦……，現在我準備釋放掉這些讓我痛苦的能量。我現在已經得到平安（平靜）了。」

例一：有個女性在半夜路上遇到搶劫事件，這一事件造成她經常不安，甚至不敢在夜晚出門。這一事件經過很久了她還無法釋懷，那麼她可以藉由釋放掉這一事件的負面能量來讓自己感到平安。

找一個安靜、安全的地方，可以放點輕鬆的音樂，安靜的坐下或躺下，回憶這一事件，然後告訴自己：

「你（搶匪）曾經造成我的痛苦，造成我恐懼、不安……（將這一事件帶給你的情緒說出來）。**現在我準備釋放掉這些讓我痛苦的能量（你可以多說幾次，然後感覺這些負能量從你身上離開）**。我現在已經得到平安了。」

例二：有個人在一次的旅遊中遭到野獸攻擊，他的身體多處被咬傷，這一事件之後他經常惡夢連連，甚至變得較膽小，總是以負面想法來思考。

找一個安靜、安全的地方，可以放點輕鬆的音樂，安靜的坐下或躺下，回憶這一事件，然後告訴自己：

「這一事件曾經造成我的痛苦，造成我不安恐懼、神經緊張惡夢連連、思想變得負面、……（將這一事件帶給你的情緒說出來）。**現在我準備釋放掉這些讓我痛苦的能量（你可以多說幾次，然後感覺這些負能量從你身上離開）**。我現在已經得到平安了。」

用同樣的方式去釋放掉今生讓你感到痛苦的事件。有些事件你可能要花幾次的釋放才能完成，所以要有耐心。

如果曾經有一個人造成我的痛苦，那我應該是用寬恕還是用意念釋放呢？

這之前在「寬恕」那一章節已經說過了，對於「關係」的處理可以先用「寬恕」會更好。等「寬恕」做完之後，你再用意念釋放負能量會更簡單。

但是對於深刻的心靈創傷，如果當事人無法面對這事件，那麼說要「寬恕」是不可能的，比如前面說的被性侵害的小女孩。這時可以先釋放這些事件所帶來的負面能量，之後再寬恕。

那過去世的呢？過去世的創傷我們根本無從知道，該如何釋放呢？

過去世的事件你無法知道，但你可以從今生你與他人的關係上，以及在你平時感受到來自內在的負能量時窺知一二。

之前講到寬恕時有說到，你們很多關係上的問題，其實都已經累積許多世了。而你平時有的負面情緒、想法、言語…也都在過去累世曾經有過。

比如說你的憤怒情緒。你絕不是今日才學會憤怒，你在過去累世一定也有很多次的憤怒情緒。

所以當你現在一個負面情緒出現時，你都可以當作是一項禮物。因為當出現這負面情緒時，正是一個機會，讓你去釋放掉這些情緒，甚至可以從最初始的源頭去釋放掉。只是這要花很多時間，你必須要有耐心的去做。

祢們說最初始的源頭，是指在過去世久遠以前，我第一次出現那種情緒嗎？

可以這樣說，但其實是指你所有過去累世的這一項情緒總和。

例如：當你現在有一個自責的情緒出現時，那麼你可以視這是上天給你的禮物。這是一項機會，不是要你繼續自責，而是當你覺察到你正在自責的情緒之後，把這情緒釋放掉。

這時你只要重複的念誦：「**我釋放我所有負面情緒源頭。我釋放我所有負面情緒源頭。………**」不斷的、不斷的複誦，而且堅定的相信這負面情緒能被釋放。

例如：當你腦海中總出現讓你感到不舒服的畫面時，也是一樣。這時你只要重複的念誦：「**我釋放我所有負面畫面源頭。我釋放我所有負面畫面源頭。………**」

當你聽到令你不舒服的言語，可能是別人對你說的，可能是你聽到的。也可能是你想對別人說的。這時你只要重複的念誦：「**我釋放我所有負面言語源頭。我釋放我所有負面言語源頭。………**」

當你突然腦海中出現一個念頭，而且是不好的念頭--- 可能你擔心某些事會發生，或是你產生一個惡念。這時你只要重複的念誦：「**我釋放我所有負面意念源頭。我釋放我所有負面意念源頭。………**」

當你突然腦海中出現一個思想，而且是不好的思想。這

思想可能已經累世影響著你，所以你這思想也要從源頭釋放。這時你只要重複的念誦：「**我釋放我所有負面思想源頭。我釋放我所有負面思想源頭。………**」

這幾項就夠了！

當你再度陷入負面能量時，把握每一次的機會釋放、釋放、釋放……！

如果我搞不清楚，到底是我的負面意念，還是負面思想，或負面情緒呢？

如果你真的不清楚，那麼有一句是可以全部通用的。就是重複的念誦：
「**我釋放我所有負面能量源頭。我釋放我所有負面能量源頭。………**」

這一句話，你平時都可以複誦，且應該經常複誦。這樣的複誦，表示你聲明著 --- 你想要釋放你所有負面能量源頭。

這樣就可以了？這麼簡單？

雖然很簡單，但只要你願意這樣說，代表你對自己聲明：「我願意這樣做」。那麼上帝自然會回應你。

但是你們必須要很有耐心，只說你現在一項情緒好了，

要將現在這一項情緒釋放就需要很多次的複誦，更何況你要從源頭釋放，那需要更多次更多次的複誦。

你們從現在開始，當你有一個負面的情緒或言語、畫面、思想、意念出現時，『覺察它』然後『釋放』掉。

這樣只是釋放，那靈魂傷痕如何被療癒呢？

如果你們能釋放這些負能量，要療癒靈魂就簡單多了。當這些負能量被釋放掉之後，你的靈魂就不再是黯淡無光。當負能量釋放得越多，你的靈魂體就越光明，宇宙間更多的光與愛會更容易進入你的靈魂，療癒自然就發生了。

也就是說其實釋放就等於療癒。

你可以這樣說。

如果你能清理更多的負能量，讓更多的光與愛進入你的靈魂，那麼當你靈魂充滿光與愛時，你就不容易再讓負面能量生起了。

就像很多大師一樣，當他們內在充滿光與愛時，自然呈現出祥和、平靜的氣質，似乎世間的一切紛擾都不會影響到他了。

嗯…，就像那樣。

七、提昇—進入光與愛中

【觀音語錄】

只要願意放下過去。
「當下」就是可以重新開始的時刻。

知足而少欲，少欲而無求，
無求而自在，自在而平靜，
平靜而喜悅。

七、提昇—進入光與愛中

從這裡開始我要告訴你們，怎樣讓靈魂提昇！

你們一生的靈魂過程就是體驗、學習、創造、提昇。而在你們這一生中，我們樂意看到你們，時時刻刻享受著你的人生、快意的生活、痛快的愛。過你想過的生活、做你喜歡做的事、吃你想吃的食物、愛你想愛的人。不要壓抑自己、不要限制自己，讓自己更自由、快樂、喜悅。我們絕不喜歡看到你們受苦。

「我是觀音菩薩，因為愛、慈悲、願力，我來到這裡。」

你們一直視我為聞聲救苦的神，而我的確是。千百年來你們刻畫著我的像對我祈求、對我訴苦，我都聽到了！句句清楚無一疏漏。我用愛來回應你們，你們聽到了嗎？你們感覺到了嗎？

這個宇宙的複雜是你們無法想像的，「成佛之道」過程中雖充滿喜悅，但也是極度艱難的，這困難度也不是你們人類所能想像的。所以收起你們人類的自大心，收起你們的自以為是。但是不要看輕自己，不要對自己失去信心。

開放你的心胸！

這一章節，我們依然會用簡單的方式來講，但是不要因為看起來簡單，就忽略這些重要性。

我們喜歡看到你們享受地球人類的生活，我們絕不樂見你們獻身於上帝或任何一個神。我們要你知道，我們很愛你，不管在哪裡你都可以接近上帝、接近神。也就是說，如果當神職人員、出家人、苦修行者⋯⋯不是你心裡非常樂意做的，那麼回到你該去的地方做你自己，快樂的做你自己。這是真的！

提昇之路並非得棄世才能達成，有時你們在凡俗裡的體驗會更多，學習也會更多。我們也不想要你們的祀奉與跪拜，因為這對我們而言是不必要的，你們是否如此做都不會減少我們對你們的愛。

真正的佛、菩薩對你的愛是無條件的。

你們目前第三次元的人類靈魂要提昇，必須的條件就是之前所說的：

『**時刻保持喜悅、有足夠的愛、釋放你靈魂的負能量以及療癒靈魂的傷痕。**』

要從關係課題畢業，你就是要學會「**寬恕與愛。**」

你要改變你的人生目前狀態，就是用「**上帝創造法則**」去重新創造。

要消除你的業力，最簡單的一句話就是：『**善念、善言、善行。諸惡莫做，諸善奉行。**』

聽起來似乎很簡單，但為何經過數萬年，你們還是達不到？因為這對你們而言，不是那麼簡單。所以我要你們仔細地，再去好好地看看書中內容，認真的去做。

如果有人認為這些訊息是假的，不是來自於觀音菩薩呢？

這並不意外，如果你們願意聽、願意做，從古至今你們已經進展許多了。

這些訊息總會有人願意去看，願意去做，這樣他絕對是最大的獲益者。

可以將消除業力那一句話 --- 『善念、善言、善行。諸惡莫做，諸善奉行。』講更清楚一點嗎？

你們的「惡業」，可以由「善業」來消，並非得經過受苦才能消除。你們台灣有慈善團體一直呼籲要「存好心、說好話、做好事。」這就是消惡業最好的方式。

時刻保持善念，即使你不接觸人群，但只要有善念就很好，心裡要有悲天憫人的念頭。言語中不批評、不中傷

他人，講能帶給人安慰、鼓勵、喜悅的正面肯定話語。行事要端正，盡量去協助他人，協助這一個世界。

你們台灣人在「善行」這一部分做得非常好，但做善事只能為自己消業，還無法讓自己提昇，所以書中所寫的各方面還須努力。

祢們之前在「疾病與情緒」那一部分有提到：
「你們的靈魂能量場，在起初都是光明無瑕的。經過累世的體驗，你們產生很多的負面能量。這些負面能量會讓你的靈魂變得黯淡無光，甚至封住你的靈魂脈輪。當你的靈魂脈輪被負面能量封閉之後，你們就難以接收更高層次的光與能量。這時打開你的靈魂脈輪能量場是極度必要的。這在後面章節我們會說得更詳細。」

「當你的靈魂脈輪能量場暢通之後，你就可以更容易讓宇宙的能量進到你的靈魂內，這些宇宙的正面能量，可以幫助你更容易釋放負面能量。當你的靈魂脈輪能量場暢通，自然地你身體的脈輪就會開啟。」

「你們的身體脈輪在年幼時本來就是暢通的，只是年歲漸長後很多人會因為各種情緒、壓力產生的負能量而造成脈輪阻塞，如果能再次讓身體的脈輪通道暢通，則你們的身體也會較健康。」

「再說，當你的靈魂脈輪被開啟，光就較容易進入靈魂脈輪裡，你也可以說是靈魂光體被開啟了。只是你

整個靈魂的範圍，比靈魂脈輪的範圍要大得多。靈魂光體開啟之後，你的靈魂能量場將不再是如此的黯淡，你的靈魂可以說開始發光了，雖然此時的光還不是很強大。隨著你的負面情緒能量釋放越多，你的靈魂就會越來越光亮。」

是的！這就如在「釋放與療癒」那一章說的：

「當這些負能量被釋放掉之後，你的靈魂就不再是黯淡無光。當負能量釋放得越多，你的靈魂體就越光明，宇宙間更多的光與愛會更容易進入你的靈魂，療癒自然就發生了。」

「如果你能清理更多的負能量，讓更多的光與愛進入你的靈魂，那麼當你靈魂充滿光與愛時，你就不容易再讓負能量生起了。」

所以這都是同一回事？

是的，你們可以開啟靈魂光體，這樣對你們的釋放與提昇更有助益，但這藉由我們的協助會更好。你們人類在過去，很多的修行者都是在靜坐修持中，接受我們給予的光與愛的能量。所以很多靜坐多年的行者在靜坐時，可以感受到強烈的光進入他的身體。在你們的過去，這都要經過一段長時間，可能十年、數十年。

現在我們將這些課程帶到地球給予你們，當你們願意去

修習這些課程時，你們可以比過去的人類更快啟動光體。其實我這樣講是簡化的講，要給予你們光體密碼，事實上需經過許多階段，過程中也需要我們護持。

目前在你們地球，有一個課程是可以自己自修習得的，叫做「光的課程」。在你們台灣，已經有一些人修習過了，只是你們通常沒有很大的耐心去修習，因為這需要一段長時間去做。透過每週冥想一種光，你們可以得到上師的協助來釋放你的負面能量。
（註：在台灣網路上搜尋「光的課程資訊中心」可以找到光的課程中文網站。）

其實你們台灣有許多心靈課程，有的非常好，有的卻是很糟的。

如果你不想改變你自己，只想藉由上心靈課程的能量來協助你，那這些課程你們根本不需要一直去修習。因為你們上過一些課程，靈魂光體開啟夠了之後，終究還是得靠你自己。

但是你們有些人一直追求能量、能量…，你們自己沒準備好，很多宇宙能量也是無法進到你的靈魂體。

你們不會因為上越多的靈性課程，靈魂就越提昇。

真正慈悲的上師們都知道，很多業力及負能量釋放都必須靠你們自己。我們只能提供你們方法或是給予少部分協

助，對你們最好的方式就是讓你自己學會去了業、釋放。

我知道「光的課程」，我也自己自修過。但我想「自修」對某些人還是有點困難度，是否有更簡易的方式？

那我教你們一個方法，你們可以經常去做，而且隨時隨地都可以做！但在開車或從事危險工作時不要做。

* * * * * * * * * *

1. 閉上你的眼睛，脊椎挺直。
2. 想像自己就是佛陀、或是菩薩、或基督、或聖母瑪利亞、……或你喜歡的上師。
3. 呼請佛陀、菩薩、基督、聖母瑪利亞……或你喜歡的上師們，來協助、引導你。
4. 想像你的身體散發出金色的光芒，這光芒即是神的神聖光芒、佛的光芒；這光即是神的愛、佛的愛。這光芒如光球般將你包圍，將這金色光球慢慢擴大、擴大、再擴大……，直到包圍整個地球。
5. 如果你有時間，你就停留在這光中久一點，如果你沒時間就算停留幾分鐘也可以。
6. 準備結束時，感謝一切光的上師們的護持與引導。
7. 張開眼睛，結束。

* * * * * * * * * *

經常這樣做，你的靈體就會更光明。

哪一種效果比較好？想像自己是佛陀「放佛光」，還是練習「光的課程」？

效果好不好，在於你練習時的心念及次數。你就算上完很多階「光的課程」，但回家之後根本沒去練習，效果也是有限。

但是如果你真的好好練習光的課程，你可以達到很高的層次。這是目前地球所有靈性課程中，能將你們的光體開啟到最大的課程，只是認真上完要花好幾年的時間，要有耐心！

那念佛號、咒語、經文有何作用呢？

要看什麼樣的佛號、咒語、經文。如果是在釋迦摩尼佛的佛經裡面的佛號、咒語、經文，自然有其能量。

就說你念句「南無阿彌陀佛」，這簡短幾個字就有阿彌陀佛的願力。所以當你這樣稱誦「南無阿彌陀佛」時，你的靈體就多了一點光的能量。

你們誦六字大明咒 --- 我們觀音的咒語時，咒語裡就有著觀音的願力。所以當你這樣稱誦「嗡嘛尼叭咪吽」時，你的靈體就多了一點光的能量。

你們稱誦「聖耶穌基督」或「聖母瑪利亞萬福」或念「可蘭經」、「玫瑰經」的經文，也都有著神聖的能量。

但是你們台灣民間很多神廟的「神」，所傳的經文或咒語的能量就沒那麼高。

那祢們建議哪一種咒語或是佛號或經文是最好的？

你們最好的方式就是選一種，然後時時刻刻，行、住、坐、臥都去念誦最好。這些佛號、經文、咒語的能量對你們是非常好的。選擇一種佛號或經文或咒語反覆念誦，會比你們念好幾種還好。

而且最好的一點就是 --- 可以協助你們，與你們過去因為因果關係，所欠下的債權人和解。說白話一點就是 --- 你可以給你的冤親債主，你所念誦的佛號、經文、咒語的能量，來償還你過去對他們的虧欠。

啊！祢之前在因果那一章有講到，要教我們如何解決，我們與冤親債主的問題。這就是祢要教我們的方法嗎？

是的！解決你們與冤親債主的問題，一種很好的方式就是，念佛號或經文或咒語給他們。也就是你們常說的「迴向」。

但是需要有上師協助你們，你們才能知道要用多少能量來迴向給他們。

祢們之前有教我，可以先唸咒語或是佛號或佛經，算是先儲存下來。因為咒語或佛號較容易記，可以隨時念誦，而

且與佛經一樣都有很強的能量，所以我當時每天開車上下班時就一直念誦咒語，有時我看電視時也會念。

之後，有一天我不是對你說，你有過去因為因果欠下的債務需要償還，有幾個人來找你了。

嗯，我知道祢說的人是鬼魂。後來祢問我願不願意迴向我所誦過的「南無阿彌陀佛」三萬遍給他們，我說願意。

是的！因為我們替你與他們協調「三萬遍 --- 南無阿彌陀佛」成交！

啊！成交是說，他們願意接受我用念誦過的 --- 三萬遍「南無阿彌陀佛」，迴向給他們。來償還過去世我所虧欠他們的？

嗯！就是這樣！

後來還有幾次也是同樣的情況。我說，我之前念的佛號好像儲存量不夠了。我問說，用「六字大明咒」可以嗎？祢說要六千遍。那也是祢跟他們說好成交了？

是的！

聽起來很難想像，怎麼會有這樣的事！竟然可以用佛號或是咒語的能量，來償還我過去世欠下的因果債務。

不是說他們都願意接受這樣的交易，也要我們從中協調，有時候他們會要求別的。

但只要你念誦過之後，這些佛號、咒語、經文的能量都會存在你的靈體內。而這些靈體（鬼魂）通常能得到一些能量，他們就會感覺很好，所以有些靈體願意你用這些能量給他們來償還。

也就是說，有時我就算要迴向給他們，他們也不一定會接受這樣的償還。

是的！但通常我們會為你居中協調。

那如果其他人呢？有些人沒有上師居中協調的？

他們就是自己先存糧囉！也就是他們可以先念誦多一點經文或佛號或咒語，然後請上師協助囉！

你們真有心要償還的話，就是直接祈禱。對諸佛、菩薩或耶穌、聖母瑪利亞、穆罕默德……祈禱，請求祂們協助解決。告訴上師祂們，你在過去世曾經對他人的虧欠，你願意用念誦過的咒語、佛號或經文來償還。

但你們累世所欠的人有時太多，上師會協調先從目前找上你們的冤親債主先償還，而不是將累世所欠的人一併還清。你們不要直接迴向給你的累世冤親債主，因為這樣會分不夠。

還有一點就是，不要迴向給其他人的冤親債主。你們有些人會將自己念的經文迴向給祖先或是自己的父母、小孩，甚至迴向給他們的累世冤親債主。你擔不起啦！這樣的擔子太重你擔不起！你個人的冤親債主就已經很多要還了，不要再去將別人的債務攬上身。

有些人迴向給自己的冤親債主，可是這樣還是不知道有沒有真的還呀？有些人又無法與上師溝通！

所以說心念很重要，一個經常心存善念的人，心中有愛的人，上師會願意幫助他。至於心存惡念，為非作歹的人，我們對他的愛也不會減少，只是我們會更想看到他在各方面的體驗能學習到多一點。

也就是祢們愛善人也愛惡人，只是有的惡人還有很多課題沒學好，所以祢們不一定會協助他，你們要他自己去學習。

對！每個人的學習進展不一樣，我們是因材施教，也是因材施助。

那如果所誦念的經文、咒語、佛號不夠還呢？

那就要自己平時多努力囉！當你唸得越多，可說你的功力會越強，到時你念一遍會比其他人念一百遍還有效用。

念誦這些佛號、咒語、經文默念也可以嗎？需要什麼時

間、地點嗎？

任何時刻、任何地點、有聲、無聲皆可。你們有些人常自以為是的，認為在哪些地點念誦就是對佛、菩薩大不敬！事實上沒有一個人能讓我們認為不敬！沒有一個人能惹怒我們！沒有一個人能讓我們不悅！

因為我們時時刻刻無不喜悅、無不充滿愛。要讓我們有這些憤怒、不悅、不敬……的負面情緒是不可能的。

你們可以上廁所、沐浴、甚至做愛時，一邊念誦。我們歡喜得很！

哇！

你們會看到動物做這些行為而感到憤怒嗎？

佛、菩薩看任何宇宙的存在體都是一樣的，完全不會有任何負面的念頭出現，只會有歡喜心。

倒是你們，總將性行為當作是一種罪惡。我要告訴你們，我們完全不介意。甚至我們喜歡看到你們去享受當人類該享受的一切，包括「做愛」而不是「禁慾」。

哇！祢跟老神講的倒是很像！

我們想的都是一樣，不只是老神這樣想，而是所有光的

上師們都這樣想。

不過祢們是觀音菩薩耶，這樣講恐怕很多佛教徒會將這本書當作邪書囉！

你們地球許多人花半生的時間念佛學佛，但基本的一點「開放的胸襟」都沒學到的話，是該自己檢討。

既然佛號、咒語、經文都是能量，可以存在靈體裡。那是否我們也可以用其它的能量，迴向給我們所欠的靈體們。

嗯！是的！
當你們的靈體有足夠的光與愛時，你們可以直接給這些靈體光與愛就可以償還了。

啊！這樣也可以嗎？

嗯！但要你們的靈魂光體能量足夠。

你們經常念誦佛號、經文、咒語，其實也可以增強你的靈魂能量，所以常念對你們非常的好。

有些人也許沒上過任何心靈課程，但只是他經年累月的念佛號，他的靈魂光體的亮度甚至超越已經上過「光的課程」行星階級的人。

那也就是說，可以用經文、咒語、佛號迴向來償還，

但如果靈魂光體夠強的話，直接給對方光與愛來償還也可以。

基本上可以這樣說。

所以我們給死去的親人光與愛是很好的？

那當然！但也要你的靈魂場有足夠的光呀。

你們的地球已經進入了一個新的階段，地球的能量場每天都在更新。你們的世界有很多人也已經覺醒，這覺醒的意思代表著，他們已經知道靈魂的提昇是必須的，已經知道唯有提昇靈魂意識才能讓人類過得更好。而很多人也已經開始努力了。

如果你看到我們所寫的文字，而你已經準備好要提昇，那你可以說你已經覺醒了。這一本書的訊息是一份禮物，這一份禮物不是我們兩個菩薩給的，而是眾多菩薩給的禮物，當然也包括我們的麻吉 --- 大勢至菩薩。

真的假的？

祂一直逼迫我們要講祂的名號出來。

最好是啦！

再說到你過去世的例子。那一世你可說真的是罪大惡

極，也可以說是超級的好。

那一世的你做了一件事，這一件事是累世以來影響你最深的。這一世的事件讓你受盡了地獄之苦，也讓你快速提昇。

祢們要簡單講解這一事件的始末嗎？

你願意的話？因為這是你的過去世。

如果講出來能讓我們更了解這宇宙因果業力運作的話，那就講吧！

你有一世，這距離現今六千五百多年前，這不是發生在地球，當時的你在另一個星球。那一個星球的文明比你們地球發展得較早，在當時這星球的文明就如你們十七、十八世紀歐洲較文明國家的樣子，與你們地球一樣你們在當時仍然戰亂不斷。

你們國家是一個強國，你們會吞併附近其它小國將他們當成你們的屬地。你是國王手下的一位謀臣，你是一位有野心的人。你多次為你們國王獻計去攻打他國，而戰略都非常成功。當時的國家戰火不斷，你們不攻打別人，別人也會攻打你們。

有另一個強國與你們已經征戰多年，彼此交惡。你們視對方為寇讎，對方也非常痛恨你們。你們的交戰有勝有

敗，但都無法摧毀彼此國家，這樣持續了很久。終於有一次機會，你與另一個將領聯手設計了一番計謀，這一次對方國家可說是敗得很徹底。你們殺害了大部分的兵士，直攻入他們的中央城，對方國王獻降，你們接收了他們的國家。

這時你們的國王發下命令，要你們殺死中央城中七千多位人民，不管老少男女，全部通殺。因為你們國王對這一國家的人已經恨之入骨。

而這時的你力勸國王放棄這念頭，你認為已經拿下他們國家了，不需要如此血流成河。但國王仍有他的顧慮，這中央城中的人大都是貴族，國王唯恐他們再次崛起。

你這時功高權大，但是卻無法改變國王這念頭。你再次的力勸國王，想要減少傷害，你提議 --- 殺死有權勢及武力的人，放過那些弱者。但是國王依然不接受你的建議。

你為了保全這七千多人，也為了想弭平動亂多年的戰火，你下了一個念頭 --- 殺掉國王反之為主。你與另一個將領密謀，準備策動兵士做這樣的舉動，你們最後失敗了。

你知道國王一定會殺了你，也知道國王會用非常殘忍的手段再殺害這七千人。所以你最後央求一個準備執行殺人行動的將領 --- 將這七千人殺害時，讓他們一刀斃命，不要讓他們有太多的痛苦。這將領答應了！

但這時國王對你恨之甚深，因為你曾想奪取他的王國，所以他要你看著這七千人一起為你陪葬。他讓他的兵士將這七千人民帶到一個大廣場，你眼睜睜的看著這七千人一個個死亡。

國王察覺到了這七千人太快死亡，他原本不是希望這樣子。他知道你又私自做了決定，這時這位將領被逮捕了，連同之前那一位將領，你們一共三人。

國王決定將你們凌遲處死。你們的國人也恨你們，因為他們不知道你們做了什麼決定，只知道你們想要篡奪王位。

你為了你們的國人，經歷那麼多的戰役，奉獻那麼多的謀略，無非是想要讓自己的國人有個安定和平的日子，但到頭來國人卻恨你。

那七千多個被殺的異族之人，認為你攻陷了他們的城池，卻不知道你為他們做多少努力在保全他們的性命，所以他們對你的恨也是很深很深。

你看著這七千個人死亡，無盡的哀號、鮮血…在你眼前一幕一幕，你自責愧疚…，你認為你不應該獻這策略來奪取他們國家。

與你一起進行叛變的兵士們也一個一個被殺，就在你們三人面前。這兩位將領的家屬也被殺了。這每一幕都在你面前上演，你無法停止這罪惡感，你無法停止這愧疚

感，你認為因為是你才連累那麼多人。

最後，你們三人被千刀萬剮的剁成碎肉。

我………，不知道該說什麼了！

你在這一世死亡之後，悔恨、自責、愧疚、仇恨……一直折磨著你的靈魂。

那這一世我死亡之後可說是下地獄囉。

當然是。因為你無法擺脫那一幕幕的殘忍畫面，那回憶就像在你眼前再演一遍一樣。種種愧疚、仇恨、恐懼、痛苦……的情緒，你的靈魂至此可說是傷痕累累。你困在這一回憶裡許久許久，經過很多世都無法回復過來。這一個事件不完全是你的錯，但是你一直背負著它。

你們在肉體時總是會面臨到許多的無奈，有些事是你們不得不為。

祢說這一事件不完全是我的錯？但是卻是我造成的呀！祢不也說那一世我是真的是罪大惡極嗎?

那一事件不能說都是你的錯，因為你只是在維護你國人的生命才為國王獻計去攻打異國。

那一世你可說真的是罪大惡極，也可以說是超級的好。

罪大惡極是你用謀略去奪取他人國家，超級的好是你所做的一切都是為了和平。

這話有矛盾，既然奪取他人國家，為何還說為了和平？

你們當時戰火不斷，鄰近的小國不是被你們奪取，也終究被其它強國奪取。而你會這樣做完全是想早日弭平戰火，讓你的國人有安定和平的生活。

這聽起來倒像是中國的戰國時代。

是的，只是你們當時的生活水準比你們中國的戰國時代好很多。

那我該怎麼做才對？如果再讓我回到當時的話。

沒有什麼是對的，什麼是錯的。一切都是你們自己的選擇，你做什麼樣的選擇，就會遭受什麼樣的因果業力。

你會選擇怎麼做？如果時空倒轉，讓你回到你已經攻下異族中央城的當時。

我想我還是會做一樣的選擇。

如果讓你回到你未攻下異族國家之前，你會選擇怎麼做？

這很難選擇。

我想我還是會設法去攻打他們國家，因為我們不佔領他們，終究還是會被他們佔領，除非兩國國王都願意和平相處。

那你為何不選擇隱遁山野呢？

祢是說不要當官，不管戰火如何，我就是到山野隱居？我想如果我還有親友在戰火中受苦的話，我可能不會這樣做。

的確！你不會這樣做。我也不是要你隱遁山野。

但是我不覺得這故事的主角是我耶！我既沒有聰明到能當謀臣，也沒有勇氣去打仗吧！

這的確是你，有些特質在現今你身上還看得到。

但不管這人是誰，總是這靈魂已經受盡了折磨，除悔恨、愧疚、恐懼、痛苦……的情緒，他還有很深很深的仇恨。他對國王的仇恨，以及對他自己國人的恨。他認為他這一生為國人付出許多，到後來他的國人卻恨他。這靈魂可說經歷很多世的地獄呀！

在這主角肉體死亡之後，許多異國的靈魂找上他，但這回他們對他不再有恨，因為他們在死後已經藉由一些管道，知道這主角是為了維護他們而受盡折磨。他們的仇恨心釋懷了！

這主角因為攻城及殺害他人，造成很大的業力。但也因為他最後為了維護這七千人命所做的努力，以及最後不願見到這七千人痛苦所做的懇求，因為這些善念，他這一世的惡業全部弭除了。

之後的許多世，他再次投生到肉體，他有著很好的善念，也做了許多好事。但是許多的負面能量卻也一直跟隨著他，直到現在這些負面能量還有許多需要被釋放。

不僅如此，如果這主角，再次離開肉身回到靈魂狀態，時間一久他就有可能再次回憶起過去那些不堪的往事。

那該怎麼做？怎樣才能從這痛苦中脫離出來？

釋放，釋放掉這些負面的畫面、負面的情緒……，從所有這些負面的能量源頭來釋放。

這樣就夠了嗎？

還不夠，因為這些傷痕就算被療癒，當你又進入這回憶狀態你的舊傷又會再度復發。所以你還要學會的是，從**這戲中醒過來**。

你要了解這都是上帝為你們搭的舞台，這只是你靈魂體驗過程裡的所有戲碼之一。這戲中的人物早已經從死亡中再度復活，他們未曾真正的死亡，你不需要再自責、愧疚。

這戲中人物早已經離開這一齣戲，正在別的舞台上演各種不同角色，你已經沒有必要為他們感到哀傷。

這戲中人物對你已經不再有恨，因為他們已經了解這不是你的錯。你過去的肉體痛苦已經消失了，因為你已經換過了很多肉體，不要再執著在這過去的肉體痛苦上。

所有這些舞台，這些場景也都是上帝搭建的，你不需要再因為這些畫面、聲光效果而感到恐懼、悲傷。

竟然這樣也可以搞笑，還聲光效果耶！

我們是認真的講。當初這些被殺的人血流成河，痛苦哀號的畫面，就如上帝搭建的舞台所做的聲光效果，不要太認真。

祢們這樣說好像很沒慈悲心，將這些痛苦哀號畫面當作舞台聲光效果。

這是一種境界，不是沒有慈悲心。

那如果有殺人犯用這種心態怎麼辦？他也將這些痛苦哀號畫面當作舞台聲光效果。

那他得為他的惡念、惡行接受業報，這無法當作藉口的。

套句我們在波羅蜜多心經裡說的：「諸法空相，不生不

滅、不垢不淨、不增不減。……心無罣礙，故無有恐怖，遠離顛倒夢想，究竟涅盤。」

這什麼意思？

這意思是你無法了解我們的慈悲，所以不該妄言慈悲心。也要告訴你，這所有一切都只是上帝的大夢，沒有一樣是真實的。你們的心裡面有任何罣礙，就會產生許多的幻境，這些幻境不除，你們就會陷入無邊的循環痛苦之中，除非你們能醒來看到真相，才能到彼岸。

好深奧的感覺！

嗯，現在與你們談這還不適合，因為對你們目前階段的提昇沒有太大幫助。我是要讓你們知道，這些都是戲，不要陷在戲中，當你的心沒有任何罣礙時你就可以從戲中醒來了。

那我死亡之後，我真的可以從戲中醒來嗎？

可以的，我會再教你怎麼做！

而你們很多人，目前還未覺醒的人，最好是趕快覺醒，然後開始練習所有提昇課程的條件 --- 「讓心中有足夠的愛，時刻保持喜悅，療癒靈魂傷痕」。

靈性提昇的過程裡不用擔心沒人教導你，事實上當你真

正願意去做而且認真做時，教師就會出現了。

祢的意思是說，當我們願意走上提昇之路，而且認真去做時，像祢們一樣的靈界指導老師就會出現？

是的！但不一定是菩薩，有可能是其它次元的上師。

你們地球現在已經有許多的人身邊都有指導靈或指導上師，只是他們不知道。有時心裡面會出現一些聲音、畫面，或是生活中出現一些徵兆，都是祂們的傑作。

你們的相機也經常捕捉到祂們的身影。

有嗎？

祂們不會以人的姿態出現，經常是以光球的樣子出現。

這樣我有看過，有人在一些聖地或是教堂都會拍攝到不同大小的光球，這些光球就是吧？

嗯。

可以請教祢們「慈悲」與「愛」的不同嗎？

愛是更廣大的，愛包含著慈悲，愛包涵一切。而「慈悲」是一種悲天憫人之心，慈悲是存粹的正面能量。菩薩的慈悲就是悲憫，菩薩看到眾生受苦心裡也會難過，這是悲憫

不是悲傷，悲傷是負面的情緒，悲憫是正面的。

那佛菩薩是愛還是慈悲？

都有。

基督呢？

一樣。

關於提昇，祢們是否還有什麼要對我們說的？

本書所講的，能做到的儘量去做。

提昇並非是那麼難，只要你願意放下執著。放下你對人與人之間太多的包袱與執著，許多關係上的恩怨其實可以馬上弭平的，至少你的心中可以馬上讓這些恩恩怨怨放下。很多時候你們就是想太多、顧慮太多，其實一切原本就是自然，自然的順著宇宙天地的運行去走。不要有抱怨，隨時隨地為你擁有的一切感恩，欲望越少越容易滿足，知足就容易快樂。保持快樂就有更大的力量去面對人生的一切。

隨時敞開你的笑顏，笑顏是最美麗的也是最生動最受歡迎的語言。

放下、放下，療癒就會發生。

感恩的祈禱，為你擁有的一切感謝上帝。

如果你曾失去，那麼記得你還擁有的，為此感謝上帝。

如果你正遭遇磨難，為此感謝上帝給你機會體驗。

你們抗拒的無論什麼事，都會一直持續。所以不要抗拒，要感恩。

愛，盡可能的去愛。

你值得擁有宇宙所有的愛，你從未離開過愛。

上帝永遠愛你，無條件的愛你。我們也是。

【觀音語錄】

當學生準備好時，
教師就會出現。

覺察，
覺察每一個負面情緒的生起，
然後釋放。

八、事實與真相

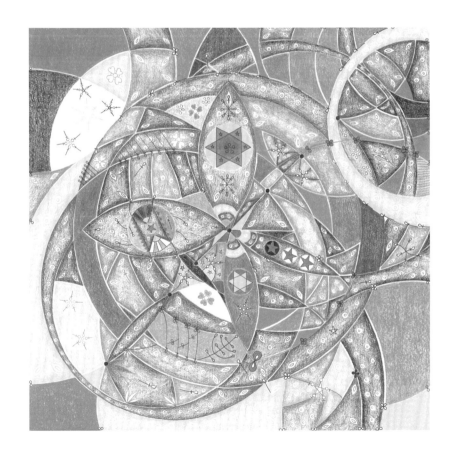

【觀音語錄】

站得越高、看得越遠，心越謙卑。

從你的靈魂，
可以看到你的過去、現在與未來。

過去、現在、未來，
一切同時發生在你的靈魂內。

八、事實與真相

祢們以上全部所說的是這宇宙次元的真相嗎？

不是！

啊！不是真相那我該相信什麼？

我們所說的都是事實，但很多並非真相。

事實與真相怎麼分？什麼才是我該相信的？

整本書你都該相信！這整本書都是在講述事實，但並非真相。

我們有說過，將會以第三次元的視角來講。所以以你們目前的地球人而言，我們說的話絕對是對你們的靈魂提昇很有幫助。但是等你的靈魂進化到達更高次元時，你會發現不一定是像我們所說的那樣，因為你們已經看到更大的事實，也就是說你們到時後所見的已經離真相又更近了。

那我是否可以解釋說 --- 「事實」就是目前我們第三次元所能看到、所能體會的；「真相」就是我們目前還無法到達，或說要到更高次元才能看到、體會的。

你要這樣解釋也無妨，至少這樣你會更了解。

那「與神對話」那一位老神講的是事實還是真相？

有真相，也有事實。

那「般若波羅蜜多心經」裡面講的是事實還是真相？

真相。

「金剛經」講的是事實還是真相？

真相。

因果業力是事實還是真相？

真相。

請解釋。

因果業力不僅是你們，甚至到達第六次元、第七次元……，甚至更高次元都得接受因果業力。

「冤親債主」是事實還是真相？

事實。

咦！這怎麼解釋？

冤親債主對你們而言是存在的，但是對更高次元而言是不存在的。所以有些上師不講「冤親債主」這部分。

但是對目前的我們，還是有需要與冤親債主達成和解？

嗯。

「與神對話」裡說肉體死亡之後，靈魂是很平安快樂的，因為他會回到神的懷抱中。這是事實還是真相？

這是真相。

我們台灣民間信仰都會祭拜死後的祖先，燒紙錢給他們，這是事實還是真相？

事實。

可以解釋一下嗎？

靈體是不需要任何東西的，他不需要食物，更不需要金錢。他只是習慣在肉體的時候需要吃食物，習慣使用金錢。事實上他們不吃食物也不會飢餓，只是他們困在原本的認知幻境中，所以沒有食物他們就會覺得飢餓。這對他們而言是事實，但絕不是靈魂的真相。

這世間一切都是假象嗎？

不是。有人打你，你會不會痛？你如果會痛，你還認為這是假象嗎？

也是。在佛的視角，這些都是上帝所幻化出來的，所以一切都是假象。

有陰間與煉獄嗎？

沒有。這些地方是某一些靈魂意識層次接近的靈體，集體意識幻化出來的。

在不同國家、不同文化，靈魂意識層次接近的靈體，就有可能集體幻化出不同的地方。所以你們對陰間的描述，絕對與一個印地安人、阿拉伯人、埃及人……，所描述的不一樣。

我們可以擺脫這些集體意識的幻化嗎？就是我們可不可以不要受到其他靈體的影響，而離開這些幻境之地？

可以。提昇你的靈魂。

「地藏本願經」裡面講的地獄是怎麼一回事？

「地藏本願經」裡面的最初女主角，也就是地藏佛陀的過去世，那不是發生在你們這個宇宙。也就是那是久遠

久遠久遠………以前，在你們宇宙還未被創造出來之前。你們可以再去看看這本經書所描述的時間。那裡的宇宙世界，與你們所想像的相差甚遠，你們一直以人類的角度思考，其實那宇宙的世界不是你們所能想像的樣子。你們也不需要恐懼是否有如地藏本願經講的這地方，我可以告訴你們，在你們的宇宙裡 --- 「沒有」！而「地藏」在無數時間的修行之後，祂看到更大的真相，祂明瞭根本沒有地獄，後來祂成佛了。

但我們人間還是稱祂為地藏菩薩。地藏本願經裡面不是也說地藏菩薩。

祂非祂。

就如我們是觀音菩薩，但我們不是那一位最廣大的觀音佛陀，我們是那一位最廣大的觀音佛陀的其中一小部分。

所以最廣大那一位觀音已成佛。最廣大那一位地藏已成佛。

而來到你們人間的釋迦摩尼佛，也是最廣大那一位釋迦摩尼佛的一小小部分。
這樣你懂嗎？

懂一些些吧！但我想我不必現在懂這些，還有很多事該做的。

是的！這樣想很好。

祢們之前說要講清楚一點，關於地球目前的能量磁場已經是第五次元的能量磁場。

你們地球能量場已經進入第五次元，這表示蓋亞已經進化。我說過了蓋亞也是一個靈魂，只是祂的進化方式與你們不一樣。

將來你們有些人的靈魂會提昇到第五次元空間，有些會繼續待在第三次元學習。提昇到第五次元的靈魂將進入另一個空間，那裡所看到的宇宙星球與你們目前看到的大致很像，但是細部卻有許多不同的地方。

雖然蓋亞已經進化到第五次元，但需要一段時間來達到一個平衡穩定的狀態。這段期間可以提昇到第五次元的靈魂，之後也許會待在另一個空間的蓋亞，或是到其它星球。而第三次元的靈魂在蓋亞完全平衡穩定之後，他們就無法待在這星球了，也就是之後他們會投生到其它星球。這你們不需要知道太多，你們先提昇自己的靈魂才是最重要的。當然你如果選擇慢點提昇，而想待在第三次元體驗久一點那也可以。

但現在這一段時期，整個人類都籠罩在這個蓋亞的能量場裡。這時你們要提昇會比過去幾萬年來要快很多！

感覺這一本書好像到了尾聲，該結束了。

嗯！

祢們還會留下吧！

當然，我們這一世都不會離開你。

好感動喔！

這些日子的相處與對話，對我而言就是一個奇蹟。雖然我剛開始一直懷疑祢們，是否真的是觀音菩薩。因為我的認知裡，觀音菩薩就是莊嚴、完美的化身，是我們很敬愛的神。但與祢們的對話相處中，卻發現祢們有很多種不同的面相。

祢們可以顯現莊嚴，也可以是幽默風趣，有時非常調皮可愛，有時又感覺非常慈悲充滿愛。時而嚴肅、時而詼諧、時而溫文儒雅，有時如天上仙女般的輕柔優雅，有時又有俠客般的爽朗豪情。

ya ⋯⋯！這都是我們。

有時言詞犀利一點也不留情，有時充滿耐心循循善誘。有時喜歡裝迷糊，又經常愛開玩笑。

我們是全方位的，演誰像誰。

又在說笑了。

佛經「普門品」裡不是早就告訴你們了。

「應以佛身得度者，觀世音菩薩即現佛身而為說法。

應以辟支佛身得度者，即現辟支佛身而為說法。

應以聲聞身得度者，即現聲聞身而為說法。

應以梵王身得度者，即現梵王身而為說法。

………

應以長者身得度者，即現長者身而為說法。應以居士身得度者，即現居士身而為說法。

應以比丘、比丘尼、優婆塞、優婆夷身得度者，即現比丘、比丘尼、優婆塞、優婆夷身而為說法。

………

應以童男童女身得度者，即現童男童女身而為說法。

應以天龍夜叉、乾闥婆、阿脩羅、迦樓羅、緊那羅、摩侯羅伽、人非人等身得度者，即皆現之而為說法。

應以執金剛神得度者，即現執金剛神而為說法。」

祢們還現佛身為他人說法呀？

當然可以！

如果有祢們不懂的怎麼辦？

事實上你們問的問題都很淺，我們就可以應付了。真的有需要時，馬上傳簡訊給佛祖，佛祖就會為我們解答了。

為我們講解佛經好嗎？

要我們講經也要你們達到一個程度，以及有夠寬大的

胸襟。

所以哪天祢們要幫我們上課,也要過濾囉?

是的!這是事實。
你們準備好了,就算是只有一個人我們也願意幫他上課。你們沒準備好,當然免談。

果然講話真的很實在!

好了,最後只有一句話相送。
仔細聽囉!……「我們愛你」。

全文完

後記

這一本書的出現，不只是提供一些訊息。這一本書的內容只要你能接受，那麼你看完本書之後，你的意識絕對已經提昇了。你可以選擇相信或不相信這是觀音菩薩給的訊息，但書中的內容只要你認為對你有幫助，而且願意去實行它，那麼在你手中的這一本書已經達到它的價值了。

我相信會想要閱讀這一本書的人，必定在你的人生中某些方面已經準備要突破或提昇或想得到解答。如果這本書已經為你帶來價值，那麼首先你要感謝的是你自己，因為你的信念已經為你吸引來這一本書。當你真正願意而且有耐心的去實行書本中的內容時，那麼你將會感覺有一股神聖的力量在協助你。

有人或許會羨慕我能與觀音菩薩對話，能隨時接受觀音菩薩的教誨。但我要你們知道的是並非我學習得比較快，而事實上我的靈魂可能比很多人早出生個幾千年。對你們之中的很多人而言，你或許認為自己的靈魂提昇進展好像慢了，但事實上你的學習可能已經比同樣年齡層的靈魂快幾千年了，所以比較是不需要的。

對觀音菩薩而言，地球的人類靈魂都還是小嬰兒。祂們

對每個人的愛都是一樣的，沒有一個人在祂們眼中是較特別的。因為每個人都是獨一無二，都是如此的特別。

我要邀請每一個看完這一本書的人，每一天讓我們一起花個幾分鐘放出內在的神聖之光，將這一份光與愛散發到整個地球。當這一份正面的能量聚集起來那力量是非常非常強大的。這一份力量能讓更多的眾生獲得解脫，這一份力量能讓更多的人心得到溫暖。當你願意這樣做時，這就是一個善念。當有更多人願意每天這樣做時，這集體善念的力量就會讓我們的世界變得更美好。

因為愛　慈悲　願力　　觀音與你同在

Sikila　2012-10-21

歡迎進入我的部落格或網頁分享討論：
http://blog.xuite.net/allforlove1999/twblog
https://sites.google.com/site/allforlove1999/

國家圖書館出版品預行編目(CIP)資料

觀音之愛 The Love of Kuan-Yin
/ Sikila作 － 初版.
屏東縣東港鎮 ：Sikila / 2013.01
292面 ； 15 * 21 　公分
ISBN 978-957-41-9878-8 (平裝)
1.靈修
192.1 　　　　　　　101027929

靈性提昇系列 01
書　　　名：觀音之愛　The Love of Kuan-Yin
作　　　者：Sikila
出　　　版：Sikila
部 落 格：https://sites.google.com/site/allforlove1999/
信　　　箱：allforlove1999@yahoo.com.tw
郵件地址：東港郵局64支-第102號信箱
電　　　話：0987248067
定　　　價：NT 300元
出 版 日：2013年01月 / 初版 一刷

ISBN：978-957-41-9878-8　定價：NT 300元